全民微阅读系列

那样美好
NAYANG MEIHAO

薛兆平 著

江西高校出版社

图书在版编目(CIP)数据

那样美好 / 薛兆平著. — 南昌：江西高校出版社，2017.10

（全民微阅读系列）

ISBN 978-7-5493-6205-9

Ⅰ.①那… Ⅱ.①薛… Ⅲ.①小小说—小说集—中国—当代 Ⅳ.①I247.82

中国版本图书馆 CIP 数据核字（2017）第 257632 号

出版发行	江西高校出版社
社　　址	江西省南昌市洪都北大道 96 号
总编室电话	（0791）88504319
销售电话	（0791）88592590
网　　址	www.juacp.com
印　　刷	北京一鑫印务有限责任公司
经　　销	全国新华书店
开　　本	700mm×1000mm　1/16
印　　张	14.25
字　　数	158 千字
版　　次	2017 年 10 月第 1 版
	2019 年 4 月第 2 次印刷
书　　号	ISBN 978-7-5493-6205-9
定　　价	36.00 元

赣版权登字 -07-2017-1275

版权所有　侵权必究

图书若有印装问题，请随时向本社印制部(0791-88513257)退换

前 言

关于我的小说，著名作家凌鼎年恩师曾给出过这样的评价——这才是生活！

这些年，我的写作，无论从体裁上如何在小说和剧本间游走，也不管从题材上如何在城市和乡村间切换，我都牢牢记着上面这五个字。是的，文学作品，一定要有生活。

那么，这里所说的生活是什么呢？

在我看来，生活就是一种疼痛，一种温暖，一种纠结，一种美好。这些，在文学作品中就是两个字——感情。

打动人心，震撼心灵的，一定是来自生活的真情实感。

《那样美好》这本书，是从本人创作的小小说中精选的近百篇作品。这些作品，在我看来无不带着我对生活的热爱，无不带着我对感情的理解，也无不带着我对文学的真诚。

谨以此书献给热爱生活和怀揣梦想的人们。

因为，生活总是那样美好！

薛兆平

2016 年 9 月 23 日

目录

第一辑 亲情如水 /001

盆景乡村 /002

送礼 /005

父亲的帽子 /008

姐姐 /011

爱的传单 /014

父亲的煤炉 /016

二弟 /018

墙 /020

陈鹤的地盘 /023

遗产 /026

大人 /028

第二辑 友情天空 /031

我能抱抱你吗 /032

弹弓枣 /035

漏斗,我的好兄弟 /038

枣树兄枣树弟 /041

同桌的你 /045

小白的金鱼 /048

胸怀 /051

作家的礼物　　　/053
王信实的店庆　　　/056

第三辑　生活真谛　　　/059
生命的另一扇窗　　　/060
救赎　/063
电话人生　　　/066
碎花　/070
那样美好　/072
求助资格　/075
成功的男人　/077
何以养家　/079
最后的决定　/081
救命的毛笔字　/084

第四辑　爱情如歌　　　/087
带你去个地方　　/088
小雨沙沙沙　　/091
让爱在伞下停泊　　/095
单行邮道双行爱　　/098
自行车上的爱情　　/100
有个女孩叫小雅　　/103

爱情的冻疮　　/106
小木的爱情　　/109
我的爱情在晨跑　　/111
爱是街角的法桐　　/115
爱逝了无痕　　/118
都市蝉鸣　　/121
拇指上的爱　　/124

第五辑　大爱无言　/127
分手好吗　/128
养花的女人　　/131
我爸是个胆小鬼　　/133
这个春天你的美　　/136
最美丽的伞　　/138
爱的力量　　/141
红纱巾　　/144
无缘无悔　　/147
站牌旁有棵树　　/150
多大点事儿　　/153

第六辑　人生百态　/157
绿妹　/158

后街姐姐　　/161

院长的菜园　　/165

把工资带回家　　/168

心灵旷野的夕阳和黄牛　　/171

夏天夜里的狼　　/174

三好干部　　/178

一架鱼骨　　/180

房子　/183

境界　/186

第七辑　传奇世界　　/189

霍家少爷　　/190

量心桥　　/194

代罪亭　　/198

唐记羊汤馆　　/202

地主选儿媳　　/205

红蜻蜓　　/207

乞丐钓鱼　　/210

寡妇树　　/214

鳖精　/216

第一辑

亲情如水

亲情如水,有时柔若涟漪,有时汹涌如潮。我们总是在亲人的爱与被爱中哭泣或者歌唱。我们总是在亲情的召唤与激励中回归故乡或者奔赴远方。

导读： 他们在一块车位大小的土地上，种出了令人猝不及防的感动。

盆景乡村

儿子和儿媳妇用尽办法做通工作，要老庄两口去城里生活的那天，老两口一前一后，把山山岭岭上，那些侍弄了一辈子的大小庄稼地，看了一遍又一遍。那目光啊，就像缝纫机的针脚，地边地沿都给缝得密密麻麻，一丝一毫也不放过。

老庄和老伴侍弄了一辈子庄稼。两把老骨头呀，在老家的土地上，怎么也算是两棵老庄稼呀，长在那儿，离不开啦。

儿媳妇嘴巧，说："爹，娘，甭看了。去城里，也闲不着二老。您提的条件，我们都给办到了。"

听了儿媳妇的话，老庄两口这才决心跟他们走了。老庄提的条件，是必须在小区里给弄块地，好让他种种庄稼什么的。如果办不到，那他坚决不答应。没有办法，在城里大小也算个老板的小庄绞尽脑汁，并且下了血本，花八万块钱，才从小区一个角落里弄到席梦思床那么大的一块地。八万呢！正好是一个车位的钱。

老庄和老伴见天就去鼓捣那块车位大小的庄稼地。老把式就是老把式，那块地竟让老庄两口给鼓捣得像模像样，花生也有，地瓜也有，西红柿也有，辣椒也有，茄子也有，芫荽也有，绿油油一小片，像个乡村盆景。

老两口种庄稼的态度,那叫个一丝不苟,投入忘我!他们给庄稼地松土、除草、捉虫、施肥。他们做这些农活的时候,总要一人一只斗笠,板板正正地戴在头上。他们每人的脖子还要搭上一条毛巾。旁边的树下,也总是端端正正放着水壶杯盏,干一阵子,老两口就坐到树下去喝口水,向左歪头看看那些庄稼,向右歪头看看那块土地。他们有时候会就庄稼的长势、土地的贫瘠还有天气的好坏说上两句。他们每天还要浇水,浇水的时候,老庄手上一把花洒,老伴手上也一把花洒。老庄前面浇一遍,老伴随后又浇一遍。

就这样,老庄两口就在这个闹市里落了脚。其实,确切地说,他们是在这小区角落里那片土地上尝试着扎下根。老庄两口知道,老家呀,那些山山岭岭,隔了上万里路呢,回不去啦!

转眼的工夫,三年过去了。

让老庄难过的是,就在这第三年上,老伴走了。

老伴和老庄在老家侍弄了一辈子庄稼,到城里来,又陪他侍弄了三年。老伴临走的时候,说:"那块地啊,以后,就要你一个人种了……"

老庄捧起老伴的手,在泪眼前看了又看。这也许,是老庄这一辈子对老伴最后也是最深情的举动。泪眼里,握在一起的两双手,干枯,遒劲,像玉米的龙爪根须,牢牢抓着土地。

老庄要把老伴葬在老家,葬在祖坟地。小庄不肯。小庄在城里置好了墓地。小庄说:"无论如何也要安葬在城里。以后,对您孙子来说,这里就是祖坟地。"

老庄望着老伴的墓,久久不语。他知道,以后,自己要合葬在这里,和老伴在这一小块土地里团圆。望着望着,老庄说:"这块地,就是我的了?"

小庄说:"是。"

老庄说:"那我能在这墓周围,种庄稼吗?问问管事儿的。"

最后的答复,是不可以。

老庄低着头,半天,"哦"了一声,转身走了。

老庄回家,依然见天就去侍弄那块庄稼地。

花生也有,地瓜也有,西红柿也有,辣椒也有,茄子也有,芫荽也有。

老庄还是头上戴着一只斗笠,脖子上挂着一条毛巾。老庄给他的庄稼松土、除草、捉虫、施肥。

老庄每天还给他的庄稼浇水。老庄用自己那把花洒,前面浇上一遍,随后又用老伴那一把,再浇一遍。

导读：他彻底喝醉了，是因为，他彻底清醒了。

送 礼

那些年，他一心想更上一层楼，平步青云。于是，逢年过节，他就送礼。凡是自认为用得上的人，他就送。送礼需要钱。可是，他和妻子都是工薪阶层，工资是个死数，别无收入，为了送礼，他们便节衣缩食，省吃俭用，把能省的都省了。比如新衣服。爱美的妻子，一年也添不了两件新衣服，更别谈品牌服装、时尚小包和高贵服饰了。

有时候，他望着妻子深情地说：对不住你啊。

妻子凄然一笑，说：瞧你说的。以后会有好日子。

他很惭愧：你真这么想？

妻子说：嗯。

父母知道儿子刚成家，处处需要钱。逢年过节送去的简陋礼物，他们总是推却不收。推来让去，老人就只收下爱喝的两瓶老白干。他们说：省下钱好好过日子。紧要的节骨眼儿呢，钱要节省着用。

他很惭愧，他望着苍老的父母深情地说：爹，娘，以后会有好日子过。

他的父母就使劲点头，说：嗯。嗯。会的。

那些年，他就这样，把几乎所有的时间和金钱，都用在了自己的事业上。他马不停蹄地为前途跑路。然而这么多年的巴结逢

迎，并不见效。如今他的事业依然没起色。年龄越来越不饶人了，后来者又接踵而至。属于他的机会越来越少。

他决心最后一搏。

这次礼重。两瓶名贵的茅台酒，茅台酒盒里装了两万元现金。

在送礼的路上，他的父母打来电话，问：回不回来吃饭？

他说：有事儿呢。回不去。

父亲在电话里犹豫了片刻，说：你妈她，生日呢。炒了菜……

他说：哦。那你们吃吧。我们在外面有事。不知道什么时候才能回。

电话里说：那，我们等……

他说：别等了。办完事，估计很晚。

电话里说：哦……

他就挂了电话。他明白，这一次，是背水一战。今后的前途，成功与否，在此一举。

然而，那一次，礼没有送成。他碰了一鼻子灰。

他心灰意冷。这么多年的苦心经营，功亏一篑。他死心了。

妻子搀扶着他朝回走。夜已经很深。他们打车朝回赶。路过父母家。他说：回去看看吧。我见灯还亮着。

妻子说：该回去看看。

一推门，老两口正在打盹，猛然惊醒，颤巍巍起来迎接。满满一大桌子菜，一动也没动。

他立在门口，半天没说话。

老人说：进屋啊，快进屋。菜都热了三次了，再热就不能吃了……

他忽然说：等等，我落了样东西。

说完，他提着茅台酒出了院门。妻子看见他在院门口，将茅台酒在石头上磕了一下,又磕了一下,然后提着重新进了屋。

他取出那瓶磕破了的茅台酒,说:爹,娘,今天,我们喝茅台。

爹的声音高了三度,说:这酒,哪能喝?! 有老白干……

他苦笑,说:你看,瓶子早破了,不能送领导。快喝吧,不然就跑光了。

他毕恭毕敬地斟满四杯酒。茅台酒很纯正,酒香扑鼻。

喝了几杯后,他渐有醉意。再喝了一杯,就完全醉了。

他趴在桌上睡了。喊也喊不醒。

妻子看了看他,说:爹,娘,这次,他醒了。

老人看了看他,说:醒了好。醒了好啊……

导读: 父亲的帽子,让我完成了一次心灵的成长。

父亲的帽子

在我的记忆中,父亲常常要戴着一顶帽子,几乎春夏秋冬都要戴。那是一顶灰蓝色毡帽,带着一个帽檐儿,虽然很显破旧,但周周正正的,并且很干净。农忙时候,尤其是夏天或者秋天,他偶尔也要戴一顶斗笠,我们这个地方管它叫席夹子,主要用来遮阳,也可以挡雨。那斗笠上,常常要夹一只黄澄澄的蹬倒山回来。那小虫是蚂蚱中的力士,有着肥硕粗壮的两条腿,力大无比,于是乎就叫了蹬倒山。但父亲戴那顶灰蓝色毡帽的时候要多一些。

我戴帽子的时候,就学着父亲的样子,将帽子弄得周正、利索,从不歪戴,尤其帽檐最有讲究,高低要适度。高了,就显出宽宽的额头,有了一股子傻相;若是低了,就挡住了眼睛的视线。我觉得父亲那样的戴法很值得效仿,它能让一个人显得庄重、成熟,也显得干净利索。村里几个人戴帽子的样子,我是顶看不起,歪歪斜斜朝头上那么一扣,嘴巴上还要叼上一根烟,怎么看怎么像电视上的汉奸头子模样。

这样戴帽子的父亲,一直是我的榜样。

后来我参加了工作,在镇上买了楼房,结婚生子。那时候,我的母亲早已去世,父亲也已经老了。

父亲偶尔会来镇上我的家,看望他的孙子。

我清楚地记得,一个夏天的午后,天气闷热难耐,我的几个同事正在我的客厅里啃着西瓜闲聊。就听到了轻微的敲门声。开始没有在意,继而又响,我去开门。是父亲。他进到屋子里来后,样子显得有些窘迫,灰塌塌的一个瘦弱身躯,并且头上依旧戴着那顶灰蓝色的毡帽。我分明听见同事发出轻微的"啊"的一声,好像还说了句"大热的天……"。那分明是说父亲在大热的天,居然还要戴着一顶帽子。我也敏感地意识到了这一点,忽然就对那顶毡帽感到反感,虽然那顶帽子依然是周正、利索,并且也很干净,可它居然深深刺痛了我的神经。我的脸不由地拉了下来。

我低声但很严厉地说:"还戴个帽子干什么?!"

父亲更加窘迫了,喏喏地说道:"干活,太脏,呵。"他举了举手,大概是打算取下帽子来,可最终没有取。别别扭扭地呆了一中午,父亲就讪讪地离去了。

后来,过了好久,父亲又来了一次,那时候已经是浅秋时节,天气依然炎热。父亲居然依然戴着那顶毡帽。我当场就数落起他来,说:"这么热的天戴个帽子干什么?"

父亲似乎忽然想起什么,手举了举打算取下来,却又放下了。打那之后,父亲一直没有来。我知道,他自己在村里鼓捣那几分地,偶尔还应了邻居的请,去帮天工什么的。父亲是一个石匠,母亲去世之后虽然没有专门去做,但也零星做点石匠活的。

这段时间,家属院里忙碌了起来,装起了两架高高的塔吊,同时有三幢楼房动工。工地上工人们从早上一直忙到晚上,我见他们在用饭的时候,就围蹲在一起,灰塌塌的一圈人,伸了筷子去一口大锅里捞大锅菜,就着馒头吃饭。那大锅菜清汤寡水的不见几个油花,可他们一口馒头一口菜,偶尔来口榨菜,一个个吃得特别香。我路过他们身边时候,还听到他们吧嗒吧嗒咀嚼的响声。忽然,我一下注意到,那些灰塌塌的建筑工人,几乎每个人都戴着一

顶帽子,尤其是那些筛沙的、运水泥的工人,他们的脸上、领上,都沾满着沙土和水泥粉末,甚至眼睫毛上也是灰灰的一层。原来,他们戴一顶帽子,是用来遮挡这沙土水泥,遮挡这繁重生活的浮尘和苦涩岁月的侵蚀。父亲头上的毡帽,也是如此的吧。我忽然觉得心里一酸,眼眶里有泪水开始打转。父亲啊,我却那么无知地指责您!我已经疏远甚至远离了土地了吗?可我知道,我的骨子里流淌着的依然是农民的血液!可是什么让我变得这么虚伪而冷漠?

我开始对父亲心存愧疚。我暗暗发誓,父亲再来的时候,我绝对不会再指责他的毡帽。我应该为那顶毡帽感动和自豪。我应该像小时候一样,对父亲的帽子心存敬畏。

秋天快过去的时候,天气还是热得一塌糊涂。

父亲来了。

父亲进门的时候,我第一眼就去寻找他头上的帽子,我心里急切盼望着他能戴着那顶帽子。可是,这一回他的头上并没有戴帽子。他的已经花白的头发服帖地卧伏在那里。我几乎有一点失望了。

父亲大概是因为没有戴帽子,这一回没有以往的窘迫,和他的小孙子开心地逗玩了一中午,就说了句:"回去。你三叔盖屋。"

于是,父亲就出了门。

我看见父亲出门后,从门口楼梯的扶手上取下一顶帽子戴在了头上,然后头也没有回,说:"关门吧。"

我就关了门。我是迅速关上门的,我怕我的眼泪落在父亲的眼皮底下,让他看见。

我疾步赶到窗口,透过玻璃,看见下楼去的父亲,正经过那一群正在盖楼的工人身边,他们好多也戴着那样的帽子,灰塌塌地忙个不停。

此刻,我已经泪眼模糊,分不清哪一个是我的父亲。

导读: 我流着眼泪,读懂了姐姐包的水饺为什么越来越大。

姐 姐

姐姐比我大十岁。

我懂事的时候姐姐已经十六七岁了。

那时候我就知道,十里八乡的人都说姐姐的手巧,不管是做针线活还是做家务,都那么招人喜欢。尤其是她包的水饺,玲珑得让人心疼,小巧、精致,还做上各种花样,单是看一眼,那食欲就能提上来了。

姐姐做的水饺馅儿更是一绝,格外香,别人怎么也学不去。我总是缠着姐姐给包水饺吃,她有求必应,总能满足我的要求,还故意将白面朝我的鼻子上涂一块,说:"你个大馋虫!今天就解解你的馋!"

吃姐姐包的水饺简直是一种享受,我总是先趴在桌子上欣赏盘里冒着热气的水饺,就像一颗颗可爱的小蝌蚪。一颗一颗将水饺送到我的小嘴巴里,吃得真香真美啊!

姐姐出嫁的那一年,我做了海员。

临走的那天,姐姐给我包了好多珍珠般的水饺,让我美美地吃了个够,然后还让我带了许多。我们船长看见了我带的水饺后说:"天啊,这哪里是水饺啊,这简直是艺术品!"听到大家夸奖姐姐包的水饺,我感到格外自豪。

出海的日子里,我经常想念家乡,想念姐姐包的水饺,于是,

我就在电话里、信里提起，说什么时候可以再吃姐姐包的水饺啊，我们船上的同事都想吃你包的水饺呢！姐姐就说，等你回来，我一定包好多好多水饺给你吃，也给你们船上带些去。我心里充满了向往。

一转眼的工夫，三年时间过去了。

在这三年里，我知道，家里也发生了很多事情。

姐姐的婆婆去世了，光剩下了一个 70 多岁的老公公，并且姐姐给我生了一个小外甥和一个小外甥女，是龙凤胎，我还知道姐夫在外面打工伤了胳膊……

总之，我盼望着能早日回去。

终于，我们放了三个月的假。临走的时候，船长嘱咐我，一定带些姐姐包的珍珠水饺，我爽快地答应了。

我迫不及待地赶回了家里。

姐姐已经老了许多，面容憔悴了，手也粗糙了，没有了往日的光彩。

看到我，姐姐高兴地说："今天我们吃水饺，不是盼了好几年吗？"

于是姐姐就和面、拌馅。

姐姐包起了水饺。姐夫双手轻度残疾，重活已经干不了了，就帮忙烧水。我在旁边逗着小外甥和小外甥女玩耍，我们玩得很开心，我盼望着姐姐忽然将白面在我的鼻子上涂一块，说："你个大馋虫！今天就解解你的馋！"但是姐姐并没有这样做，只是快速地包着水饺，有些唯恐包迟了的意味。

我就说："姐姐，不用着急啊！"

姐姐就笑。

从背后，我看见姐姐头上有了许多白头发，并且，我看见姐姐包的水饺和以前包的水饺有了很大的不同，水饺没有了精致的纹路和花样，并且，水饺的体积要比以前的大了一倍，鼓鼓的，和我向往的迥然不同了。

姐姐用最快的速度包好了水饺，姐夫刚好烧开了水，便将水饺下到锅里，姐姐同时提了草料去喂牲口，喂了兔子和羊，然后拦了鸡，水饺已经熟了，打捞出来，放到桌上，她便让我们坐，自己扶了 70 多岁的老公公也让他坐下，还给他单独盛了一碗，放到跟前。姐姐忙了一圈后，坐下来嚼了水饺一口一口地喂我的外甥和外甥女……

我默默地吃着水饺，心里感到有一种说不清楚的情感冲击着我。

我明白，姐姐之所以养成了麻利快速包水饺，并且将水饺包得大了许多的习惯，还不是生活的琐碎和沉重使然？

岁月，让许多美丽的东西失去光彩。

但是，吃着姐姐现在包的鼓鼓的、粗糙的水饺，我依然觉得是那么香，那么美好！

我的眼睛湿润了，心里说："姐，你包的水饺不管变得多么粗糙，但在我的心里永远是美丽的！"

导读：我拒接所有的广告，却摘下手套郑重地接过了这份传单。

爱的传单

在我生活的小镇，每隔5天就有一个大集。方圆几十里的人都来赶集。我也是逢集必去，主要是买一些足够吃三五天的新鲜蔬菜什么的。

每次赶集，我最烦一件事。那就是一进大集门口，就会有许多散发广告传单的人，不由分说地朝你手里塞些五花八门的广告。

如今，小镇的商业气息越发浓郁起来了，已经如城市里一样，到处充斥着商业的电气息，商业广告比比皆是，有规范的路边广告牌，也有不规范的电线杆广告，更有这种不由分说直塞给你的广告。以前，我会接过来看一看，无非是电脑店搞活动了，蛋糕店推出新品种了，还有一些性药广告，各种专治疑难杂症的神药广告等等。见得多了，也就烦了。于是，以后我赶集时，无论什么人给我塞广告，我都拒绝不要，或者干脆冷漠地看也不看，雄赳赳地走过去。

有一天小镇又逢大集，那是这个冬天最冷的一天了。北风呼啸着，所有的人都袖手缩脖，比往日里小了一圈儿似的。

我到集市上匆匆买了一点蔬菜提在手上，戴着手套的手却早已经冻得刀割一样地疼。我准备快些回家去取暖。

挤开人群我来到集口，立即遇到两三个人朝我手里塞广告。

我有些气愤,我都冻得没有知觉了还要我伸出手去接你的烂广告?我狠狠地瞪了他们几眼,头也不回地朝外走去。

即将走出大集了,我的面前忽然横伸过一只松树枝一样干枯的手,我先是习惯性地产生一股恼怒,又是广告!可是,当我看清楚那一只老手上举着的,是一张学生作业本上的纸时,我停下了脚步。

我聚拢了目光朝那张薄薄的纸上望去,上面歪歪扭扭写着——

我儿子毕业三年了,没找到工作。他在十字路口开了家蛋高(糕)店。不买没关系,有空去转转就好。

我忽然热泪盈眶。

我心中抑制不住地涌出一股感动,让我久久不肯离去。

我看到那位老人另一只同样婆娑的老手上,攥着一本学生作业本。那是怎样的一本作业本啊,上面肯定是她在昏暗的灯光下,一笔一笔,一页一页自己制作的"爱的传单"!

我将手中的菜集中到左手,用牙齿将右手的手套取了下来,缓缓地将右手伸出去,郑重地将那张我见过的这个世界上最简陋,也最伟大的广告传单接在了我的手里。

接过那张爱的传单时,北风依然凛冽,可是我的手,还有我的心,都没有觉得冷。

导读: 父亲的谎言被揭穿时,我早已泪落如雨。

父亲的煤炉

今年的冬天,格外寒冷。

我所居住的家属院里有一个锅炉房,我们可以一天两次去那里提热水喝。昨天我瑟缩着身子去提水,回来的半路上手机响,我便将暖壶放到水泥地上去接听电话,由于冷得厉害,我便长话短说,草草结束了通话。回头去提壶,结果发现壶底已经结冰。

今天正值元旦放假,二弟带着女友驱车赶回老家来,我们便一起去看父亲。

父亲很欣喜的样子。我们一回家,他便张罗着要将屋里那只小煤炉生起火来,一个劲儿地说:"太冷。你们暖和暖和。"

二弟的女友客气地说:"没事,不冷的。"其实她早已经瑟瑟发抖。

我说:"行,点着吧。这么冷的天,你自己在家怎么也不早点点着暖和?"

入冬的时候,我曾经问过父亲是否买了过冬的煤。父亲说今年煤太贵,要一块多一斤,去年的倒还剩了四袋子堆在那里,讲究着吧,不买了,实在冷就烧些木柴。

父亲准备了一些木柴,说:"你们先点着暖和,我去后面弄点煤来。"

木柴在炉膛里轰隆隆燃烧开来，屋子里顿时有了温暖的气息。我们三个人围着火炉烤了起来。

眼看着木柴要烧没了，可还不见父亲回来。

我便走出屋子去寻父亲，转过墙角，听见隔壁刘叔正和父亲说话。

刘叔说："这么冷的天，你也不买点煤。你提这一袋回去先烧着吧。"

父亲说："不用不用。够了，这半袋子够烧三天的了。估计这几个孩子顶多在家待两天。改天我给你钱……"

啊！原来，父亲根本就没有煤！他告诉我说去年的还有三四袋子堆在那里，是骗我的！我似乎记起来，去年冬天时，他好像也告诉我"去年的还剩三四袋子没烧完"……

我忽然热泪盈眶，心里百感交集。

我躲在麦秸垛子后面，看见父亲提着半袋儿煤走进了自己的院子。

我立在寒风中，久久无语。

我说不上是内疚，还是感动。

如果，没有这次的发现，我不会知道父亲只是在空摆着一只煤炉。如果，没有这次的发现，我不会知道我们对父亲的关怀是那么地敷衍了事，浅尝辄止！

我掏出手机来，给我一个开货车的朋友打去电话，要他帮我想办法买些煤。

朋友说："你这个时候买煤？死贵！"

我大声说："我不管有多贵，你想办法给我买2000斤送来，马上！"

导读：爹要向二弟兑现娘生前许下的承诺，二弟选择了拒绝。

二　弟

娘去世的那年，二弟考上了县重点高中。

娘的去世让人接受不了。娘才 45 岁。娘把俺爷仨丢在了半路上。

没有娘的日子，俺们过得凄凄惶惶。那三间茅草房一夜之间就老去了不少，北风里，俺听见它哀哀地悲鸣。

娘在的时候俺家的日子也不好。娘和爹就节衣缩食，从牙缝里抠出毛票儿给俺哥俩交学费。娘常对俺说：只有念书才能出息人，就是出去要饭，我和你爹也要供你们念书。

后来俺念了中专。

俺考上中专学校之后，娘对俺二弟说：你就念高中吧，你要考上县重点高中，我和你爹就给你买一只烤鸡吃。

俺们在电视上见过烤鸡，烤得外焦里嫩，还冒着热气，怪馋人。二弟咽下一口口水，说将来他要研制一种新的电视，里面烤鸡的时候，从外面可以闻见香味。

从我们这里考上县重点高中不容易。

俺知道二弟肚里憋了一股劲儿，放假回家，俺见二弟去放羊割猪草，后腰里都别着书本子。

二弟的近视眼镜足足有瓶子底那么厚了。

二弟的裤子越来越肥大，风一吹，飘飘摆摆，空荡荡的。

二弟中考的前夕,娘却走了。

俺和二弟在娘的坟前哭得连眼睛都睁不开。俺起身拉二弟回家的时候,二弟的小拳头攥得紧绷绷的。

二弟终于考上了县重点高中。

俺和爹去送二弟报到的那一天,俺没看见二弟笑。

去送学生的人真多,在校门口挤过来挤过去,像在乡下赶大集一样。俺和爹把二弟的铺盖卷背进宿舍后,日头已经偏西了。

爹便带着俺哥俩去了学校门口的一家小饭馆。

小饭馆里的人也很多。

新来的学生和自己的家长围在桌上吃饭,他们都点了很多菜肴,满满的摆了一桌,有鸡有鸭,有鱼有肉,有的还喝啤酒,三瓶五瓶的喝。一瓶啤酒要两元钱。

爹、二弟和俺在一个角落里找了张小方桌坐了下来。

一个胖女人过来问吃点什么。

爹摸了摸内衣里的钱包,咬了咬牙,说:"来一只烤鸡。小二,你娘说过的,等你考上县重点高中就给你买一只烤鸡吃。"

二弟忽地立起了身,说:"爹,俺不爱吃那东西,坐了一中午的车,想吐。"说完,二弟又转身对那胖女人说:"来一大碗炖豆腐,多放辣椒。"

那胖女人问:"就点一个菜?"

二弟点头。

旁边桌上的人老拿眼看我们。

炖豆腐端上来了,二弟吃得真香,在那呛人的辣味和热气里俺看见二弟吃了一头汗。

爹把脸别到了一边,一口也没吃。

导读：心中有墙，处处是墙。心中无墙，天高地广。

墙

　　胡老大家和胡老二家的院子隔了一道墙。先前，这边煮了地瓜花生会隔了墙头喊一声，跷着脚递过去一碗，墙那边伸手接了，一会儿又递回碗来，这边接来一看，碗里却放了两枚咸鸭蛋，还滚滚地冒着热气。可不知道从什么时候开始，两家子为些陈芝麻烂谷子、鸡毛蒜皮闹了矛盾，于是，墙这边就是墙这边，墙那边就是墙那边了。

　　事情发生在一个漆黑的夜晚。

　　那一夜，胡老二家来了一个飞贼。那飞贼的本领可不小，身轻如燕，翻墙头进院，撬门入了屋子，将值钱东西一并装进麻袋，竟没有弄出一点响声来。无巧不成书。就在这时候，胡老二的老婆闹肚子，咕咚放了一枚大响屁，把个胡老二的脑袋振得一晃荡于是就醒了，这才发现屋子里竟然有一个贼，刚想喊，一把明晃晃的匕首却抵了过来："敢吱声老子废了你！"胡老二吓得赶紧双手护住自己的裤裆——**30**的人了，还没有给老婆种上呢，这要废了还不断子绝孙！飞贼见胡老二呆愣在那里，抽身便走。胡老二嘴又张了张，想喊胡老大，他估计，如果和大哥一起来治这贼肯定不在话下，可他还是住了口，他和大哥家已经没有来往，况且前天还因为自己家的老母鸡上了墙头，朝他家院子里拉了一泡白头黑尖的鸡粪，让大嫂臭骂了一通，骂自己的媳妇是个骚狐狸，都30了还连个蛋也不下。后来自己和大哥隔着墙头也下了架。你说这要是喊大哥，人家不来咋办？那不是自作下贱？这时候那贼已经到了南墙根，眼看着就要翻墙而去，胡老二心急如焚。说时迟，那时快，突然就见从胡老大家的院子里一下飞来一柄铁锤，那铁锤划了一个优美的弧线，不偏不倚正好落在飞贼的后脖子上，当场昏厥过去。胡老二赶紧两巴掌拍醒了还在翘着大腚狂睡的老婆，一起将那飞贼捆了个结结实实。

胡老二很是感动，心想，毕竟是亲兄弟啊，患难时候就表现出来了。他拉了老婆去拍胡老大家的门，想去表示感谢，同时也觉得应该去道个歉，你说亲兄弟间为些鸡毛蒜皮的小事伤感情，值得吗？于是，门拍得更紧了。

听到胡老二一个劲拍门，胡老大惶惶地把老婆叫醒了。老婆惺忪着眼，将右眼角一块指甲盖大的眼屎抠下来抹到床腿上后，说："老二家来拍门叫阵了？甭怕，我穿上鞋去骂……"胡老大摁住老婆，说："我惹祸了啊。前天刚吵了架，今天晚上我无论如何也睡不着，想啊，既然没有一点兄弟情分，那就彻底断绝来往吧，前些日子咱家盖鸡窝，我借了他家一柄铁锤，干脆还了他，以后井水不犯河水，再无瓜葛了。可我不能当面还他去吧，于是披上衣服来到西墙根，侧耳朵没有听见动静，一扬手就把铁锤扔他家院子里去了。可我万万没有想到他二婶子可能正蹲在天井当院里撒尿还是怎么着，反正就砸了人了，听那喊叫声，可能砸得不轻。要不他们砸门怎么这么紧呢?!"老婆吓得一哆嗦："我的个亲娘啊，你这个千刀杀的怎么能隔着墙扔锤呢？这要出了人命可怎么得了?!"

门还是一个劲地在敲。看这架势不开门是不罢休的。胡老大和老婆没有想出个什么好对策，只好硬着头皮开了门。胡老二一

步跨进院子来,一把握住大哥的手,连声道谢。胡老大和老婆你看看我,我看看你,都被弄懵了,忙问怎么回事。胡老二说:"哥,三千多元呢!要不是你那一锤把那飞贼放倒,我这三千多块就飞了!别看平时咱们打打闹闹的,可关键时候还是亲兄弟啊!"胡老大和老婆这才弄明白事情的原委,原来自己隔墙扔锤本想赌气断绝来往,可鬼使神差地把一飞贼放到,避免了老二家三千多元的损失,两个人心里默念了三遍阿弥陀佛。

第二天天刚亮,胡老二的老婆就隔了墙头喊大嫂,递去一碗刚煮熟的鸡腿,说:"大嫂啊,前几天跑墙头上朝你家拉屎的那只鸡,算算年纪也不小了,留不得了,今天煮上了,我们一起吃吃。"不一会,大嫂又隔了墙头喊"他二婶子,你来",把碗还回来了。胡老二的老婆接过来一看,碗里却有了十多枚大红枣。墙那边说:"这是俺娘家后山上的血红大枣,最能壮女人身子了。你快吃吃,也抓紧给老二生个娃啊。"

从此,胡老大家和胡老二家再也无墙相隔了。

导读:有些事情迟早会明白的,只是明白得越晚代价越高。

陈鹤的地盘

陈鹤赶回老家的时候,父亲已经下葬了。

叔父说:没法子。等不及了。

陈鹤扑到父亲的坟上去,欲哭无泪,痴呆呆地,两眼望进虚空,右手神经质一样在地上抓挖个不停。

陈鹤的手指抠进黄土里,沙土被染红一片。

陈鹤四岁时母亲走了。父亲一个人拉扯着这个腿脚有些颠簸的孩子,日子凄凄惶惶。

小时候的陈鹤自然骨瘦如柴,身子骨孱弱到见风倒。

每次村里要演电影,得到消息的娃子们就纷纷奔赴村中央的大场院,抢先占下有利位置。他们在地上画上一个个的圆圈,里面写上自己的名字。那就是自己的地盘了。

陈鹤腿脚不便,总是最后一个赶到场院,结果有利的位置早就没有了。

于是,陈鹤就哭。

陈鹤对父亲说:"爹,以后演电影,你帮我去抢个地盘。我要最好的,最大的!"

父亲不笑,一脸的严肃,说:"我帮你抢有球用?我能去跟那帮子小屁孩儿抢地盘?自己去抢!有种你就自己争个更大的!"

陈鹤就很失望。陈鹤曾经背着父亲偷偷骂了他。但陈鹤是一

个有骨气的孩子。以后演电影时,他依然和娃子们一起疯跑着去抢地盘,一瘸一拐地。结果,到上初中之前,他最好的成绩是抢到过一块还算可以的地盘,虽然不是最好的,可足以令人羡慕和吃惊了。

那时候,村里的娃子们都帮大人放牛放羊。

父亲将羊鞭塞进陈鹤手里时,陈鹤说:"爹,羊跑得太快我追不上。"

父亲不说话。

陈鹤还说:"他们,都欺负我。"

父亲忽然大声说:"那你能干什么?"

陈鹤咬了咬嘴唇,什么也没有说。

娃子们故意逗弄陈鹤,动不动就丢一块石头将他的羊群轰散。陈鹤就只能一瘸一拐地四处里去追羊。

后来,陈鹤不再笨拙地瘸着腿去追羊,他让石头追。

陈鹤丢石子一绝,三十步开外,嗖一声,专打头羊的角,百发百中。

那时候,陈鹤暗发毒誓:我要比你们强!

果然,陈鹤成年后在外闯荡出了一片天地。当他们在村里娶了老婆面朝黄土背朝天过日子的时候,陈鹤就在城里买了房。

陈鹤拥有了自己的公司张罗着数百口人吃饭的时候,他们在家里为老婆孩子一家数口而四处奔波。

陈鹤还没有知足,他又在忙碌着兼并别的公司,进一步地壮大着自己的事业。他始终记得父亲说过的话:自己去抢!有种你自己争个更大的!

很久以前,叔父打电话给陈鹤,告诉他:"你爹很挂念你。有空多回来看看。"

陈鹤问:"我要接他来城里享福,他不来。我实在抽不出时间勤回去,只能多给他寄点钱了。"

陈鹤就大把大把地给父亲寄钱。

当叔父再次打电话来说"娃呀,你爹快不行了,你赶紧回吧"的时候,陈鹤正在为兼并在那座城市最大的对手而忙得焦头烂额,他始终脱不开身。

当最终将事情搞定,拿下那家公司火速赶回老家的时候,父亲已经下葬了。

陈鹤跪在父亲的土坟前,右手一个劲儿抓挖着地上的沙土,指头上的鲜血染红了一大片土地。

陈鹤悲伤的眼睛里,父亲的脸和土坟蒙太奇一样相互交叠着,转换着。

叔父过来拍拍他的肩,说:"已经这样了。你别太难过。"

陈鹤不语。

过了良久,陈鹤慢慢站起身来,表情凝重。他拖着一条似乎更加颠簸的腿,寻来一根长长的木棍,围着父亲的坟转了一圈,深深地画下了一个圆。

众人都不解,都说:"你别太难过了。你这是要干吗呀?"

陈鹤大声说:"可惜啊,我到现在才明白,我去争,去抢,得到再多再大的地盘,永远都大不过这个圈哇!"

说完,猛然丢了木棍,扑通一声重新跪到坟前,大喊一声:"爹!"

那一声呼喊,夹杂着血丝,喊得众人热泪滚滚。

导读：他选择那个人继承遗产，仅仅是因为那人说过一句话。

遗 产

在这座城市最高档的养老院里，毛先生已经意识到自己的日子不多，于是决定将自己所有的财产做一下交代。

三年前他唯一的女儿因病去世之后，毛先生在这个世界上已经没有一个至亲的人了。所以毛先生一直为财产的事很费脑筋。

毛先生在今生所有结识过的人中反复筛选，最后选定了一个人。

那是一个和他的女儿年龄相仿的男士。至于叫什么名字，他并没有想起来，但他记住了那个人。

那是一个很公众的场合，那时候他的女儿已经过世半年多了，几个熟悉的人见面了，纷纷表示着对毛先生的关切，虽然语言中并没有明说，知道说出来会让他更伤心，但实际上的意思还是让他节哀。

而正在那时候，那位男士来到了他们中间，看起来他正在专注地思考什么问题，一下看到几个人和毛先生立在面前，似乎有些吃惊，但很快他就认出了毛先生，他扶了扶眼镜，说话的时候好像还没有从刚才专注思考的问题中解脱出来，他说：您还好吧毛先生？代我向您女儿问好。很久没有见她了⋯⋯

他的话刚刚说出口，旁边的人立即制止了他，并且投去责备的目光,还有一个人将他拉到一边去,低声训斥他。

毛先生隐约听得到那些训斥的话,那人说:你疯啦?你不知道他的女儿半年前已经去世了?!你还参加过她的葬礼呢!

那位男士脸色大变,急忙拍了拍额头,很是愧疚的样子,只是低低地说:哦哦,是啊是啊。可我总是觉得,她还在。真对不起。对不起……

那位男士一边抱歉一边匆匆离去,从此,毛先生再也没有见过他。

当时,毛先生很伤心,甚至心生怨恨。但不知道为什么,在所有熟悉的人中,他筛选财产继承人的时候,居然反复出现那位男士的身影。

毛先生最后跟律师做了决定,将所有的财产分为两半,一半捐给公益事业,一半遗赠给那位男士。

律师临走前,返回身说:毛先生,那位男士,我会设法找到的。只是我有些不明白,这是为什么呢?

毛先生望着窗外的夕阳,幽幽叹一口气,说:这么多年了,我的女儿,我也总是觉得,她还在……

导读：这个无助的孩子，那一个小小的动作让读者心如刀割。

大 人

　　类小明穿过一片焦渴的麦地，来到通往镇子的那条土路口，立在比死去很多年的爷爷的年龄还老的那株古槐下，等待他即将从城里归来的父亲。类小明不希望父亲回来，但是他还是来这里等他。

　　他知道，他的父亲一定会在这几天踏着春节的鞭炮声，背着长枪短炮的行李卷铿锵有力地赶回村里来。见到自己，他一定绽开胡子拉碴的大嘴巴，露出经年不刷而带着岁月黄渍的牙齿，大声喊自己的名字，然后粗鲁地摸摸自己的头，看起来好像是千里迢迢赶回来就是为了把他为过年而精心理过的头发弄乱。然后，就是把脚下的行李卷粗鲁地打开，就像当年他剥野兔的皮，刺啦一下，内脏就都掏了出来，小车，小刀，玩具狗，五花八门，在阳光照耀下反射着五颜六色的光芒。

　　然而，今天已经是腊月二十九，明天就要过年了，那个胡子拉碴的粗鲁父亲还没有朝自己铿锵有力地走来。

　　类小明想，看来，父亲是已经死了。要不然，在往年这个时候早就回来了。从来没有晚过二十八那一天。因为类小明知道他父亲每年赶来，年前两天的时间可以跟他在一起，多一个小时都不可能。他的母亲是不容许他和父亲待上超过两天的。也就是说，类小明和父亲见面相处的机会，只有年三十之前的这两天，一到二十九下午他的父亲就要重新背起长枪短炮的行李卷走人了。

至于在大年三十的前一天下午离开去哪儿，类小明不知道，但是三年以来都是这样的。

类小明不想了解大人的那些事，他觉得大人是一种很不可思议的动物，而十岁的自己永远是大人手中的一个玩具，被挣过来抢过去的，但是挣来了抢来了又不好好珍惜，而是随手丢在一个角落里便去忙自己的事了，从此不理不睬不关不照。可当另一个大人又看他关注他时，这一个便再次全力以赴地呵护有加，眼珠不转地盯着护着，生怕被抢走夺去。

唉！大人可真是奇怪。

类小明不希望父亲来，不是因为自己不想念他，也不是因为不喜欢他和自己玩，更不是因为不喜欢他带给自己的各种礼物。他是觉得心里很难过。他觉得父亲是一个可怜的人。他穿着很旧的衣服，模样也很苍老，并且在母亲和继父的严密监视下他显得很卑微，总是用讨好的语气和眼神与他们交流，生怕稍有不慎会被剥夺了与儿子仅有两天的宝贵相处。类小明不希望看到自己的父亲是这样的一种形象，在他的心目中父亲是高大而勇敢的，很小的时候他带着自己去山里打猎，他什么都不怕，他甚至见过他用匕首击退了一条穷凶极恶的母狼，然而，他每年回来看望自己时，全然不是以前英武的样子。

此时的太阳已经偏西，眼看着傍晚就要来了，山里的天黑得奇快，类小明当然知道，天一黑，父亲回来也是白回来了。这时候类小明急切地盼望着父亲回来，迫切希望看到他那胡子拉碴的脸，憨憨地笑着绽开有着岁月黄渍的牙齿的大嘴，然后粗鲁地把自己新理好的头发弄乱。可是，父亲一直没有出现。黄昏时候也没有见。天黑时还是没有来。

身后村子里有谁放了一串鞭,噼啪响了几声,有孩子在笑着奔跑。

天黑透了,通往镇子的大路上,依然没有人,类小明回身望一望,通往村子的小路上也没有人来找他。类小明忽然明白,他的母亲和继父,一定是知道他的父亲已经死了,因为他们并没有像往年这个时候那样严密地看着自己。

类小明忽然很想哭,他觉得很委屈的是,大人,总是比小孩早知道一些事情,并且总是不肯告诉他。

类小明在大年三十的前一天的这个晚上,在路口的老槐树下坐下来,忽然伸手,粗鲁地把自己的头发弄乱,然后又粗鲁地弄乱了一次。

第二辑 友情天空

友情,是种缘分的相遇。茫茫人海中,相遇是为了给一次欠你的好。在友情的天空,云和云之间,有的擦肩而过,于是有了越来越长的思念;有的从此合二为一,于是有了一生相伴。

导读：谢谢你当初没有拒绝我，让我学会了不再拒绝这个世界。

我能抱抱你吗

那一年，我八岁。

一个八岁的女孩，已经懂得了美。在我的眼中，那些美好，是那么令人渴慕。比如，美丽的衣服，比如漂亮的家，还比如，精美的食物。可是，我只有渴慕的份儿。

我记不清是从几岁开始，便跟随我的妈妈在街上乞讨。

妈妈说，我们生来就注定要过那样的生活。我们注定了没有美丽的衣服，没有漂亮的家，甚至没有精美的食物。

可是，当我看到别人美丽的衣服，漂亮的家，和精美的食物时，我开始想，为什么我们注定没有？我的眼睛，便一刻不停地盯着大街上的那些美好。

那一天，是一个夏日，雨后的黄昏。我八岁时的一个雨后的夏日黄昏。我永远记得那个黄昏。

那个小女孩，看起来和我差不多大。她漂亮极了！她穿着崭新的小花裙，扎着两个羊角辫，嫩藕一样的小手，挽着她漂亮的妈妈。我看到夕阳的光从她们身后照过来，她们像天使，从天而降。

我听见女孩儿说：妈妈，我的裙子真的很漂亮吗？

女孩儿的妈妈说：当然了。注意脚下，可不能弄脏了呀。

于是，小女孩一手牵着妈妈的手，一手轻轻提着裙裾，走得小心翼翼。

当经过我的身旁时，那个女孩竟然停下来，睁着大大的眼睛，定定地望着我，又抬头去看她的妈妈。

女孩儿用探寻的语气问她的妈妈：妈妈，我可以帮助这个小妹妹吗？

她的妈妈点点头，说：好啊。你打算怎么帮这个小妹妹呢？

女孩儿想了想，说：我想帮助她五元钱好吗？用我存钱罐里的钱。

我紧张地望向她的妈妈。

她的妈妈微笑着，点了点头，答应了。

于是，我得到了小天使一样的女孩递给我的五元钱。她的小手，真白！

我的妈妈忽然拍打了我的大腿一下，粗声说：快给好人磕头啊！

可是，我竟然没有像以前一样给帮助我们的人磕头，而是依然那么站在那里，痴痴地望着那个小姐姐。

我的妈妈已经作揖并连声说了好几句感谢的话。

她又提醒我说：傻愣着干什么？说话呀！

我终于开口了，我说：你的裙子真漂亮！

那个小姐姐笑了，笑得很灿烂，说：真的吗？

她扯着裙裾转了一个圈，咯咯笑了起来。

小姐姐的妈妈牵着她的手就要离开了。

我忽然很着急起来，我急切地说：等一下。

小姐姐停下来，转过身来看我。

我追上去两步，忽然又有一些怯懦，低声说：小姐姐，我，我能抱抱你吗？

说过这句话的时候，我立即觉得害怕起来。我低下头来，看到自己脏兮兮的衣服、鞋子，还有黑乎乎的手，我竟然想抱一抱

穿着新裙子的天使一样的小姐姐！我心里忐忑不安起来。

我的妈妈似乎也生气了，用她的拐杖在我腿上敲打了两下，提醒我不要太不像话了。

可是，那两次敲打，居然让我铁了心，勇敢地抬起头来，望着面前的小姐姐。

那个小姐姐也在望着我，看了一小会儿，便抬起头来，问她的妈妈：妈妈，我可以抱抱她吗？

我紧张地望向她的妈妈。

她的妈妈微笑着，点了点头。

小姐姐朝我面前走来两步，我迎了上去。我们两个小女孩拥抱在了一起。开始时，我们试探着拥抱着彼此。但很快，我们紧紧地拥抱在了一起。我感觉得到我胸膛里通通通的心跳，也感觉到她身上暖心的温暖。

等我们拥抱完，小姐姐和她的妈妈离开之后，我依然站在那里，泪流满面。

那是一个夏日，雨后的黄昏。那一年我八岁。我永远记得。

三十年后的今天，我终于有了自己的服装品牌。在众多不断更新、变化的品类之中，有一个品类我决心永远保留，那就是"爱相拥"，每年我都会拿出公司利润的百分之十制作"爱相拥"服饰，奉献给需要爱，需要温暖，需要拥抱的人。我决心一直这么做下去。

哦，那个天使一样的小姐姐，谢谢你那个让我终生难忘的拥抱！

可惜的是，我不知道你的名字，也不知道你住在哪里。我们还会相逢吗？如果在茫茫人海里，在生命中的来来往往中，你我再次相遇，我还能再抱抱你吗？

导读: 希望那棵弹弓枣,永立人间。因为,我们真的需要你!

弹弓枣

穆刚是一个双腿残疾的孤儿,他在孤儿院里住了 10 年的时间,如今已经 19 岁。穆刚之所以成了一个双腿残疾的孤儿是因为在 9 岁的那一年,父母带他到海边去玩,恰恰遇到两个歹徒抢劫一位老人,心地善良的父母就参与到了打击邪恶维护正义的斗争中去了,然而最后的结局是悲惨的,他们双双倒在了血泊里,穆刚也被那两个歹徒推到岩石下面跌断了双腿。穆刚瘸着双腿在孤儿院里生活了 10 年,孤独了 10 年——没有快乐,也没有能让他惊奇的东西,每天除了粘火柴盒就是把玩自己做的那把木质的弹弓。然而,自从发生了那件事情以后,他就有了一个雷打不动的习惯,每当到了晚上就握着那把弹弓趴到窗户上朝外面的那条老胡同里张望,窗台上放了一大堆圆圆的石子。穆刚的样子像极了一个警察。

那是半年前一个春深夏浅的夜晚,温柔的风息从窗口轻柔的吹拂而过。穆刚的心情非常好,今晚他的肝病似乎好了些,不再像以前那样疼痛。粘火柴盒的手充满了灵性在飞快地穿梭着,床上粘好的火柴盒已经堆积成了一座非常好看的小山。然而,就在这个时候,窗户外面那条老胡同里突然传来了一阵急切而杂乱的脚步声,紧接着是一个女孩的尖叫声,充满了恐惧和绝望的那种。穆刚猛的一个激灵,毫不思索地从枕头底下摸出了那个木

质的弹弓,并装好了一粒圆圆实实的石子趴到窗户上朝外张望。只见胡同里有一个青年人用一把雪亮的匕首将一个十八九岁的女孩逼到了胡同的老墙上。女孩那充满渴望和恐惧的眼睛让穆刚感到一阵无法自控的疼痛。他来不及思索什么,嗖的一声将那一粒石子射了出去,不偏不倚正中了那小青年的手背,只听见当的一声,匕首落在了地上。小青年大吃了一惊,四下里张望了一下赶紧掉头而逃。从惊吓中醒过来的女孩也四下里张望,她似乎在寻找自己的救命恩人。穆刚看见那个女孩是那么漂亮而清纯,是和自己年龄相仿的啊,但从她背后的那个书包看,她是在念书的吧。女孩环顾四周没有发现自己的恩人,就朝着石子飞来的方向深深地鞠了一躬,然后就急匆匆地走了。从此以后,穆刚每天晚上都要准时趴到窗口守望着那一条弯弯曲曲的胡同。每天晚上都有人从这里经过,其中总包括那个可爱的女孩。很多时候她是在很晚了才朝回走,大概是快高考了吧?她一定是在加班努力冲刺。每当女孩走来的时候,穆刚手中的弹弓就握得紧紧的,假如出现意外情况他是可以随时出手相救的。不过从那以后女孩都是一路平安,再没有发生过意外,只是有一次一个小男孩儿被一条黄狗追得边哭边跑,穆刚的石子恰到好处地射到黄狗的脑门上,尖叫了一声朝回逃去;还有一次一只大公鸡攻击起了一只青蛙,也被穆刚的弹弓给打退了。女孩每晚经过这条胡同的时候总是自觉不自觉的朝穆刚所在的方向望一眼,其实她什么也看不到,因为在穆刚的窗前有一棵高大的芙蓉树,他的窗户被遮掩得非常严密。每当女孩顺利通过了这个胡同,穆刚就会松一口气,将手中的弹弓悄悄放回枕头底下,一种完成了某种使命后的自豪感会让他忘记肝病的疼痛而幸福地进入梦乡。

一转眼的工夫,半年的时间过去了。穆刚的肝病已经恶化到了晚期。

穆刚离开这个世界是在一个非常美丽的黄昏。金黄的夕阳照耀着这条古老的胡同,照耀着胡同里孤儿院的窗口,还有那棵高大的芙蓉树。恰巧这一天女孩收到了大学的录取通知书。女孩怀揣着大学通知书,一边吃着红枣一边蹦蹦跳跳地从这条老胡同里经过。等她走到了那株高大的芙蓉树旁的时候,听到前面房子里有人在哭,有人在大声地说话。女孩感到好奇,她走到了芙蓉树下想看个究竟,但窗户非常高,她什么也没有看到,只听到里面有哭声,说话声,还有抬东西的声音。女孩没有看到什么便离开了,她很快就要坐火车赶到北京去念大学了,从此,她要告别这条古老的胡同,告别这斑驳的泥墙,还有那株大芙蓉。

多年后,人们发现胡同里,也就是穆刚所在的那个窗户外面长出来了一棵大枣树。人们惊奇地发现这棵枣树从两米高的地方开始分成了两个树杈,远远看去样子怎么那么像一张大弹弓呢?!于是,胡同里的人都称呼它为"弹弓枣"。

导读：他那极富创意的报恩方式，早已经决定了他的未来。

漏斗，我的好兄弟

那是 80 年代末期的事情了。

那时候我和初婚妻子来到了这座年轻的小城。

我们一穷二白。她的父母极不情愿将女儿嫁给我，说我是个孤儿，注定了是个穷光蛋，一辈子都成不了什么气候。我一赌气就把她带了出来，我发誓要成就一番事业。

唯一可以支撑我们继续走下去的是爱情和我的一点面食手艺。

我说：秀，你相信我的对吗？我靠我的面食手艺可以为我们创造一片天空。

秀说：是啊，我相信你。永远。

来到这座小城，我们开了一家小小的面馆，我依靠从奶奶那里学来的手艺，做带馅面条卖。可是，当时我的生意惨透了。我每天入不敷出。我们在艰难地生活着。

我从秀的眼睛里看到了焦急，我的压力让我喘息不过来。

每天的顾客少之又少，生意寡淡清闲。我们无所事事。

每天都要来的客人倒是有一个。他是这条街上的小乞丐，一个叫作漏斗的十多岁的孤儿，破衣褴褛，蓬头垢面的，每天都要蹲在我们的面馆前。

反正做的面条也卖不动，每天我都要给他一碗吃。

漏斗每天准时在阳光照到面馆前第一个台阶的时候出现在门口。不说话,只是袖着手立在那里。我就把放在案板上的几乎要风干了的面条放到锅里煮了,盛到一个花瓷碗里端给他。他三口两口喝了,便把碗拿到水管上冲洗了放到台阶上。漏斗从来不进我的门。让进也不进。

漏斗每天只来一次。每天来吃一碗我的面条。有时候他会带一个两个比他还小的小乞丐,我也一并给点面汤喝。但大多数时候是漏斗一个人来。

一转眼的工夫,半年多的时间过去了。

秀的娘家人找到面馆来的那天,外面飘着毛毛细雨,漏斗刚好在屋檐下喝完了那碗面条。

秀的娘家人凶凶地给了我最后的通牒。他们说把秀嫁给我并不是要来受罪的,你若没有本事趁早做打算,别耽搁了秀。他们说了好多难听的话。他们要我在一个月内把面馆的生意做起来,现在既然入不敷出还接济穷要饭的,简直是个败家子。一个月后如果还没有起色,他们就要把秀带回家去。

尤其我那个大舅子,他还把我面板上那根擀面杖在我脑袋上照量来照量去。

我欲哭无泪。

我闷闷地坐了一整天。

第二天起来的时候,太阳已经很高。习惯性地去看面馆外面漏斗是不是已经袖着手立在那里了,可日头偏西了我也没有见到他。

第三天也没有见。

我想,漏斗是明白了我的境况了,便不好再来了的吧。漏斗,没有关系啊,反正我还吃得上,弄不到吃的,就来我的面馆吧,我的面馆永远给你留着一副专用的碗筷呢。你在外面又怎么讨吃

的呢？

过了几天，我的生意突然好转了起来，来我的面馆喝面的人逐渐多了。

我和秀都感到很高兴。我们忙碌起来了。

一天，一个来喝面的顾客拿了一张几天前的县报给我看。我惊奇地看见头版头条上是一张显眼的大照片，三个小乞丐排着队在人群里行走，他们最明显的特点是一律光着秃头，亮亮的没有一根头发，而后脑勺上都写着醒目的毛笔字，一个写着"耿家面馆"，第二个写着"老桥对面"，第三个写着"耿哥，好人！"。

我仔细一看，最前面的那个居然就是漏斗！

喝面的顾客说：已经十多天了，这几个小乞丐每天都排着队在人多的地方雄赳赳气昂昂地走来走去。

漏斗！

我热泪盈眶。

十多年时间过去了。

如今，我已经是耿家面艺公司的总经理，我们开发生产的带馅面条系列产品风靡大江南北，每年销往全国各地的带馅面条多达80万箱。

我一直没再见过漏斗兄弟。

漏斗，你现在在哪里呢？什么时候你再来尝尝你耿哥的馅面？你用过的那副碗筷，一直在我公司里珍藏着呢。

后来我的生意做大了，接触到各界的人士多了，我也多方打探。一位上海的朋友说，在上海一家大型广告策划公司有位创意总监就叫漏斗。我不知道他会不会是我的漏斗兄弟，有机会去上海我一定去看一看。

导读：他们的友谊被世俗伤害得体无完肤，却化成了两株坚强的树。

枣树兄枣树弟

陈三拐子入葬的那一天寡妇柳琴嫂也来了。

柳琴嫂一来便成了中心人物，办事的人和看热闹的人都伸长了脖子把眼睛擦得亮亮的，仔细注视着柳琴嫂的一举一动。

大家心里都明白，今天这事肯定热闹了，传扬了很久的陈三拐子与柳琴嫂的事，如今就要搞一个水落石出了，村后稷甲岭上发现的那一具男尸也许就要有一点眉目了。

所以柳琴嫂的一举一动便格外牵动所有人的心。

陈三原先不是拐子的。

原先的陈三是一个活蹦乱跳的大小伙子。他从小就和柳琴嫂的死鬼男人郑大奎是最要好的伙计，二人从小光着屁股一起长大，十八岁的那一年二人一起背着瓦刀手锤村里村外的给人建房子修门楼。

后来，郑大奎就把如花似玉的柳琴嫂娶进了家门。陈三依然单身过活。然而，郑大奎并没有因为自己成了家就疏远了好友，而是和往常一样与陈三一起背了瓦刀手锤干那粗重的活计。

柳琴嫂对陈三也不见外，做了好的吃喝一定要邀了陈三去一起分享；陈三的衣褂破了洞不用多说，柳琴嫂自会取了针线缝补，拿陈三就像自家的兄弟一样。

然而，没过两年就出了事情了。

那年陈三与郑大奎在南村建房，主人家的架子上有一根木头被虫蛀过的，突然间就断折了，郑大奎和陈三当即就摔到了地上。一根木头正中了陈三的左腿，腿就折了。而郑大奎的脑袋正好卡在两块锐石中间，当即就死掉了。

悲痛欲绝的柳琴嫂从此过上了凄凄惶惶的日子。地里的庄稼被荒草湮没。柳琴嫂整日里坐在天井当院的那一架石磨旁发呆，手里常常要捧着郑大奎的瓦刀手锤独自落泪。那一架石磨是郑大奎亲手雕凿的，柳琴嫂的耳畔依然回响着那叮叮当当的响声。

然而，后来，柳琴嫂的庄稼一律长得绿油油的喜人，地里连一株杂草也没有。

柳琴嫂非常纳闷：这是谁给整的呢？

有人说是陈三拐子干的。

柳琴嫂就去仔细查看。果然，地里的脚印子一行深一行浅。两行泪就流了出来。

柳琴嫂去寻陈三拐子。

陈三拐子却神色慌张，堵在门口硬是不让进门，口中说道：嫂子你千万不能进，人家要说闲话的，唾沫星子能淹死人哩！

但是，关于柳琴嫂和陈三拐子的事还是传了出来，在村子里传得沸沸扬扬，说什么的都有。有的说，这合情合理呀，二人一起过挺好的，有人却骂柳琴嫂不要脸，男人刚死就耐不住寂寞，老朝拐子那里钻。

于是，柳琴嫂的日子就更加的难熬。

柳琴嫂就整天关了门哭她的死鬼男人。

日子重复着日子。

关于柳琴嫂和陈三拐子的事越传越多,越传越稀奇了。

有人说每天晚上陈三拐子都要朝柳琴嫂那里钻;还有人说虽然陈三拐子断了一条腿,但是干了半辈子的石匠活,早已练就了一身力气,如今柳琴嫂的木床已经换了两根床腿。

前些天,村子里要演一场电影,目的是欢送村里的几个后生去参军。

在这小山村里能看上一场电影是非常难得的事情。远近的人都来了。所以,村子里突然间就格外热闹了起来。

然而,谁也没有料到,就在那个热闹非凡的晚上却发生了奇怪的事情。

第二日有人在村后稷甲岭的崖下边发现了一具男尸。

看那模样,许是夜里从崖上栽下去的。到镇上的派出所报了案,却一直没查出个头绪来。然而更奇怪的是就从那一天开始陈三拐子就躺倒了。半个月之后竟死掉了。

陈三拐子入葬的那一天柳琴嫂子也来了,人早已哭得如同一个泪人一般,眼也肿得如同两枚烂桃。

所有的人都望着柳琴嫂。

柳琴嫂怀里抱了两根枣木的拦门棒,扑到陈三拐子的棺木上痛不欲生。

在柳琴嫂的悲惨的哭声中乡亲们断断续续听出了许多事情。

原来,自从郑大奎去了之后,陈三拐子就一直在暗中帮助柳琴嫂子,每天的夜里都要守在柳琴嫂的房外,他怕村里村外的光棍汉们来伤害了柳琴嫂。陈三拐子还亲手砍制了两根拦门棒送给柳琴嫂,说这是枣木的,结实。

村子里演电影的那一天晚上,外村的一个光棍汉跳进了柳

琴嫂的院子。守在院外的陈三拐子听到柳琴嫂的呼救声后便迅速赶到,举着拐杖与那汉子打将起来。后来那汉子就朝村后跑去,陈三拐子一瘸一拐的紧追不舍,竟追得那汉子走投无路,最后爬了稷甲岭,却一步踏空跌到崖下摔死了。

　　柳琴嫂依然抱着陈三拐子的棺木哭得死去活来:陈三兄弟,你为什么就对俺这么好?陈三兄弟呀,你为什么就不让俺进你的家门?陈三兄弟,你的衣服破了洞为什么就不像以前那样让俺给你缝补?

　　所有的人都被哭得心里乱糟糟的,一个个也陪着落下三滴两滴的泪来。柳琴嫂慢慢站起来,止住了哭声,对大家说:俺打算让陈三兄弟和大奎葬在一起。

　　村里人都默默地点头。

　　许多年过去了。

　　那两座紧挨着的土坟前长起了两株树。一株是枣树,另一株还是枣树。

导读：她所做的一切，只是为了报答他的恩情。而他，却选择了逃避。

同桌的你

男孩和女孩成了同桌。花季里的男孩和女孩心与心之间有着非常美好而纯洁的隔膜。正是因为有着这种朦胧诗一样的捉摸不定的隔膜，才有了那首女孩的心思男孩你别猜猜来猜去你也不明白。女孩喜欢唱这一首歌，女孩唱这首歌的时候男孩就说："其实我们男孩子的心中也有小小的秘密，你们女孩子也不能猜，因为你们同样是一猜就错哦。"女孩就把她的那一张很好看的小嘴一撇，说："你们男孩子都是抱着篮球满场跑一身汗味的大老粗，我看不出你们有什么细细的心思。"男孩说："其实我们也有诗性的一面呀，我也有像诗一样美好的向往。我向往大海，我将来一定要考一所靠近大海的大学。"于是细心的女孩就记住了粗心的男孩有一个很美好的向往：他要到大海边去上学，那样就可以天天听到大海的声音，还有海鸥的叫声。

男孩的眼睛是在那次突如其来的地震中失明的。那一天正在上化学课，化学老师正在讲着碳酸钙和盐酸的反应，突然就觉得地动山摇，他的近视眼镜也掉到了地上。就在这千钧一发之际，男孩将女孩一下推到了桌子底下，而从房顶上掉下来的一根木头正好打中了男孩的眼睛。地震过后，男孩的眼睛就再也看不到阳光和自己心爱的课本了。

四年后初冬的一个下午，小镇上孤独的失明男孩正抖抖瑟瑟地坐在窗口，用心灵感受着窗外那绚丽的世界，回忆着自己曾经拥有阳光的那些美好的日子，这时候电话铃响了，接听的时候才知道是女孩打来的。女孩在经过了三年的高中生活艰苦奋战之后，终于考取了一所靠近大海的大学。上了大学以后，女孩利用一切可以利用的时间到外面去打工，她到饭店里去刷过碗筷，也到人家去做过家教，用了一年的时间，女孩终于攒够了买一部手机的钱。女孩买了手机的那一天就飞跑着去了海边，穿着鞋子就跑进了大海里，大海的波浪没过了她的膝盖。正值初冬的季节，海水刺刺的冻人，然而女孩一点也没有感到寒冷。她迫不及待地拨通了男孩家的电话。女孩兴奋地说："嗨！你听，大海！"

是的，大海！

男孩立在电话机旁半天没有说话。他的眼前立刻就展现出了一幅广阔的大海，波涛汹涌澎湃，一艘帆船在海面上漂漂荡荡，从桅杆的旁边飞过来了一只海鸥，又有一只飞了过来，并且尖尖地鸣叫了一声。男孩的眼中一下子就涌出了眼泪。

女孩说："以后我天天让你听海，好吗？"

果然，从那一天以后，男孩每天下午都能接到女孩从海边打过来的电话，电话里总是海涛声声，还有海鸥的鸣叫。天天如此，从来没有间断过。有一回，男孩从电话里听到有雷声，由远及近，他知道，是已经在下雨了。男孩急了，说："你快回啊，下雨了！"女孩说："没关系，我只是想让你听到大海的声音。"男孩大声地喊："你真傻！你再这样坚持，以后我就不再接听你打来的电话了！"

就这样，四年的时间过去了。女孩该从那一所海边的大学毕业了。女孩在电话里对男孩说："我就要毕业了，你等我回来啊，回来后，我要嫁给你，我要做你的眼睛，我要照顾你一辈子，我还要教你我在这一所海边的大学里替你学到的知识。"男孩沉吟了片刻,然后低声地说道:"对不起啊,我,我要结婚了,是,是和村子里的一个姑娘。"男孩说完这话之后电话的那头没有了女孩的声音,能听到的只有大海的波涛在汹涌地撞击着海边的岩石。

果然,没过多久,男孩就和镇上的一个姑娘结婚了。结婚的那一天晚上,男孩第一次给女孩打了电话。电话接通了,但是女孩并没有说话,只听到汹涌的波涛声,大海在涩涩的哀愁里低吟。男孩知道女孩正在海边。男孩的心里突然就觉得很难过,觉得很想哭。男孩说:"我给你唱一首歌啊,只希望你在外面能够好好地发展。"男孩就对着电话唱起了一首歌——

男孩的心思女孩你别猜你别猜,猜来猜去你也不明白……男孩的心思女孩你别猜你别猜,猜来猜去你会把他爱……

导读：她和他之间，都是因为那两条金鱼。

小白的金鱼

认识小白是在刚到这家公司上班的第一天。小白在公司的财务科干出纳，人长得挺清秀的，穿着也很朴素，在路上走的时候像一朵美丽的白莲花，毫不张扬的一种朴实而大方的美丽。我到财务科去送一份材料，正好碰到小白在给她的办公桌上小鱼缸里的两条小金鱼换水。小白说："帮忙啊。"我说："好的，但是我该干些什么？""你帮我托着小鱼吧，我去换水。"我于是就双手托着一个小小的瓷碟，里面浅浅的水里摇摆着那两条可爱的小金鱼。我问："这两条小金鱼叫什么名字？"小白看了一眼面前的我："那条小的叫叶子，大一些的那条叫根。"我扑哧笑出了声："这么乡土的名字？"小白说："这名字是我亲自给它们取的，好听吧？那么，你叫什么名字？"我说："我是新来的，我叫崔鹏。刚来第一天就能认识你的这两条小金鱼我感到很高兴。"

在以后的日子里，我经常到财务科看望那两条小鱼。帮助小白给小金鱼换水成了一件非常愉快的事情。有时候我给小金鱼带些好吃的，比如鱼虫什么的。

时间长了，我和小白都彼此熟悉了。于是，我知道了一件非常有趣的事情。小白的这两条可爱的小金鱼每周都要变一个名字。小白给它们命名的时候，就根据新的名字给它们虚构一个美丽的故事。我现在才知道，原来在人世间还有这样的一种妙不可言的事情。小白说:"工作太紧张,生活太疲惫,有时候我得给自己创造一片属于我自己的天空。紧张之余,我给那条小的金鱼取个叫"叶子"的名字,给那条大些的金鱼取个叫"根"的名字,我让那个"叶子"是个美丽的金鱼女孩,让那个"根"是一个健壮帅气的金鱼小伙,让他们演绎不同的故事,演绎不同的分分合合,有时候,我会被自己虚构的故事感动得泪流满面,有时候也义愤填膺。然而,我觉得生活充满了阳光,我的紧张、压力、疲惫也悄悄地溜走了。我们要学会为自己创造快乐。"

的确,工作非常的紧张。我的压力很大,在这个追求高效的公司里,作为秘书的我整天被大大小小的文件、材料搞得焦头烂额身心疲惫。我在这座高速运转的大都市里行色匆匆没有一刻停歇。我觉得自己就是一叶扁舟,在人海中随着风雨到处漂泊,流浪的心在永无止境的奔波中油然生出一份渴望,如果寻找一个宁静的港湾让疲惫的心灵做一刻短暂的停留,那将是一种美丽而静谧的境界。在工作中,挫折、误解、委屈一样都不少的朝我涌来,苦恼、忧愁也让我年轻的心潇洒不起来。有时候我好想找个什么人说说话,道道我的苦楚我的辛酸说说作为一个男子汉的委屈。小白是不可能再听我的这些心里话了,因为在过了三个月后的一天,她走了,她嫁给了一个富有魅力的男人,从而她也离开了这家公司。再到财务科去的时候,我再也看不到那两条美丽的小金鱼了,小白将它们都一并带走了。小白带走了她自己创造的快乐。

后来有一天,我病了,在医院里躺了一星期的时间。

从医院里出来之后,我觉得我应该为自己做一点什么,并且是必须要做一点什么。我买了两条可爱的小金鱼,我把那两条美丽的小金鱼送给了我自己,就放在了让文件、材料和文件夹占得满满的办公桌上,我想,再拥挤,也得给我的小鱼腾出空间来。

我尝试着让那两条小金鱼给我带来清凉的快乐,给心灵一点停歇休闲的空间。

我给那两条小金鱼取了名字,一条叫叶子,另一条叫根。

导读：对小鸡的死去无法释怀，是悲悯。对自己的生死却看得很开，是胸怀。

胸　怀

朋友投资赔了本。血本无归。偏偏在此时，他的母亲不幸离世。我决计去看一看他。我怕他心里撑不住。

驱车赶往朋友的老家，后事处理已毕。朋友神情悲苦，但并没有我想象的那么糟糕。这让我放了心。我总是认为，再坚强的人，也撑不住接二连三的打击。但显然看出，朋友还是跌跌撞撞地撑住了。

我拉他到一个角落里说话。

朋友说：有烟吗？

我给他点上一支烟。我看见他衔着香烟的嘴上，胡茬厚密而坚挺。

我说：你还好吧？

朋友惨然一笑，说：撑得住。你放心好了。我知道，你来，是不放心我。你是了解我，我很脆弱。不过那是以前。后来，我就慢慢地不那么娘们儿了。

人在悲苦时，大概话头都会絮叨。朋友抽着烟，眼睛望向虚空里，絮絮叨叨说了许多话。我一直默默地听。

他说有一次，他给家里打电话，听见母亲嗓子哑了，就问怎么了。母亲说，新抓的一茬小鸡，被黄鼠狼偷去两只，还有一只吓

死了。这都怪自己太大意了,晚上是听到些响动的,但身子骨不好,并没有起床查看。结果,三只小鸡就这么死掉了。他长叹一声,为他母亲为了这么点小事急得嗓子都哑了。唉,女人毕竟是女人,心胸总是那么狭窄,家中的一草一木都牵动着她的心。

后来,朋友得知母亲查出了肝癌,后期。并且更糟糕的是母亲已经知道了病情,知道自己顶多还能活一年。朋友急得团团转。一个连死掉三只小鸡都急成那样的女人,得知自己的病情之后,那会是怎样的后果呢?

说到这里的时候,朋友又要了一支烟。朋友接着说,可是,让我想不到的是,母亲并没有像我想象的那样,而是看起来若无其事,居然平静如常。结果,母亲比医生判断的期限多活了一年半。唉。所以,你尽管放心好了。我是我母亲的儿子。她有的品质,都留给了我。对几只小鸡的悲悯,也许只是一个人的小小情怀。而对自己生死的淡然,却是一个人的大胸怀。母亲让我懂得了这个。关键时候,我挺得住。

听完这些话,我眼眶湿润了。

我拍了拍他的肩膀,说:那就好。那就好。

驱车回城时,我一路深思。对一个拥有了大的情怀与胸怀的人,再大的风雨和坎坷,又算得了什么?我对我的朋友,不再担心。

导读: 作家的礼物,居然神奇地拯救了一对夫妻的感情。

作家的礼物

他和她还很年轻的时候,那是一个好的时代。

那时候,年轻人都喜欢文学。不一定人人都能够吟诗作赋,但都有一颗诗人的心。

他和她是笔友。他和她相隔千里,书信却让他们近在咫尺。

他们在书信中,谈文学,谈人生,谈理想,谈他们各自所在的那座城市的趣闻和天气。

后来,他和她如愿以偿,幸福地走到了一起。

开始的时候,他和她依然沉浸在那八年书信来往的美好回忆里。那时候,真好。是的,真好。那可真是一个美好的时代。

后来,是繁忙的工作、应酬,是生孩子的辛劳、奔波,是柴米油盐酱醋茶,烟火缭绕,吵吵嚷嚷,日子过得如同白开水,半温不开,温温吞吞。

这怪不得他们。这个世界上几乎所有的人,日子过着过着,大概都会过成这个样子。到哪里再找那颗诗人的心?

后来就吵。再后来就打。再再后来就谋划着分道扬镳。

事情的转折,来自同住一座楼的那个作家。

那个作家刚刚搬到这一幢楼,住在他和她的对门。

作家就是作家,作家有着非凡的观察力。作家虽然新来,却对对门的情况很快就了如指掌了。

那一天，作家到邮局申请了一个专门的信箱，就安装在楼下的墙壁上。作家申请专门的信箱，是为了方便收样刊样报和稿费通知单。

作家的专用信箱刚刚安好，对门的他和她刚好路过，他们一边拌嘴一边朝楼上走去。他们看起来都有一肚子的牢骚。

作家想了想，便做了一个新的决定。作家要邮局的工作人员又给安了两个专用邮箱，一个在作家专用邮箱的左边，一个在右边。

作家分别找到了他和她，递给他和她一人一把信箱的钥匙，说：没有什么礼物送给你们，我给你们每人申请了一个专用信箱。希望你们能够喜欢。

他和她都愣了。

他和她都觉得这个作家实在是奇怪，现在是一个什么时代？送礼还有送信箱的？真是天下奇闻。

他和她都没有当回事。日子依然白开水般平铺直叙。他和她的关系玄而又玄。

就这样过了一段时间，一个偶然的机会，他路过楼下时，不经意间看到了那三个并排着的信箱。他才想起来，原来，左边的那个信箱，是属于自己的。他从腰间的钥匙串上找到那柄钥匙，抱着试试看的态度，想打开看看。他知道，不会有人给自己写信的。因为他这么多年从来没有给别人写过信。

可是，当信箱打开的时候，他惊呆了。里面居然躺着一封看起来很有一些岁月痕迹的信。他赶紧取出来看。他的眼泪差点就掉了出来。那是他在很多年前写给她的第一封信。他知道，这一定是她投进信箱的。

他重新读了一遍那封信。又读了一遍。他想起了那个美好的时代。那时候,年轻人都喜欢文学。虽然不是每一个人都会吟诗作赋,但是人人都有一颗诗人的心。

　　他有些迫不及待了,他跑回家去,翻箱倒柜,从一只箱子里,找到了那些当年她给自己的回信。他找到了她回给自己的第一封信,噔噔噔跑下楼去,小心翼翼地投进了右边的那个信箱。

　　做完这件事之后,他抬头望去,天空居然那么蓝!他记得当年的天空也是这么蓝。那时候,可真是一个好的时代。而如今,依然是个美好的时代。

导读: 朋友,就是要这样设身处地地着想。

王信实的店庆

王信实今年三十八岁。瘦而黑,还矮。他是和我一起从农村长大的。他,我清楚。知根知底。

大女儿上初中。小儿子腿残。妻子貌丑,口拙。老父六十八岁。爷爷八十九岁。王信实一直不走时,什么样的活儿也肯干,但总赚不到钱。

没办法,我们几个朋友帮他,去年在县城开了一间小超市,夫妻俩苦心经营,维持家用。

可这个王信实,也太实诚。店里的货物,只要一到保质期,清一色清理出去销毁;蔬菜稍一变坏就不肯摆出来卖;新闻里一旦讲到哪种东西对人不好他就一律下架。这还不算,斜对面有个老头儿,年纪很大了,据说是郊区的老菜农,种了一辈子菜,卖了一辈子菜,如今老了,依然每天来这个路口摆个菜摊熬日子。每到阴天下雨,或者天色已晚而蔬菜没卖动,王信实就大包大揽都给买进店里来。他说:"让老爷子早回家吧。他总让我想到我爷爷。"

你说,王信实的店,还能赚几个钱?一大家子全指望这间小店呢!

然而,这都不算什么。在王信实的小店对面拐角处,忽然就开起来了一家大型超市,规模少说也有王信实的一千倍!大超市开业这天,刚好是王信实开店一周年。我们几个哥们赶来打算和王信实聚聚,并看看有什么需要帮忙的时候,刚好看到对面的大超市锣鼓喧天,彩旗摇摆地举行开业庆典。

我当时觉得一股辛酸朝上涌来。王信实的小店像一只可怜的绵羊,而对面卧着的是一只体形硕大样貌可怖的老虎。王信实脸上的微笑,也掩饰不住内心的忧虑。

王信实坐在门口马扎上,望着对面的喧闹场面和从天而降不计其数的条幅,久久不语。

后来,王信实开口说话了:"他们的条幅真多啊!"

是啊,人家的条幅也太多了!一条挨着一条竖排下来,遮住了半边天空,上面写着"某某银行庆祝某某超市开业大吉""某某公司庆祝某某超市开业大吉",少说也有五百条!

几个哥们凑过来,小声问我:"你说怎么弄呢?"

王信实也说:"是啊,薛哥,本来小店是可以养家糊口的,可这大超市一开,以后,难说……"

望着这个黑而瘦的三十八岁庄稼汉,我的心隐隐作痛。

我沉思片刻,说:"我们也是去年的今天开业的,那今天应该是我们的开业周年庆典啊。我们也搞得热闹一点!"

几个哥们有气无力地说:"咱们热闹不过人家吧?"

还是王信实乐观一些,他放大了声音,说:"对!咱们也搞热闹一点。生活再苦,笑着过还不行吗?!"

王信实从抽屉里取出一把钱给我,说:"去买鞭炮放吧。多买点。"

我没有接钱。我说:"这事儿不用你管了。咱们不放鞭炮了,他们已经给我们放过了。现在我去做几条条幅挂挂就行了。花不了几个钱。"

我骑车出去了一趟,找了一家广告公司,加急赶制了几条条幅。

很快,条幅在王信实的小店外面一条一条地悬挂了起来。

"儿子王敬贤祝王信实超市生意兴隆。"

"女儿王玉贤祝王信实超市生意兴隆。"

"妻子高尚洁祝王信实超市生意兴隆。"

"父亲王厚善祝王信实超市生意兴隆。"

"爷爷王忠良祝王信实超市生意兴隆。"

条幅挂起,在阳光下迎风招展时,我看见王信实屹立在自己的超市门口,掩面而泣。

第三辑

生活真谛

我们夜以继日地阅读和行走,其实是在寻找生活的真谛。生活的真理,永远在生活里。生活不一定是好的文学,但文学一定是好的生活。

导读： 一个爱唠叨的失意男人，最终找到了自己的价值。

生命的另一扇窗

一年前，我新认识了一个朋友，和我的年纪差不多大，都是奔三的人了。他经常来找我坐一坐。喝喝茶，散散步，甚至一起喝喝小酒。他是一个喜欢发牢骚的人。他来找我，其实就是为了发发牢骚，说说工作中的不公平，家庭中的不满意。

很多时候，我只是微笑着，静静听他唠叨。有时候，听一个男人唠叨，还真是别有一番滋味。有的时候，我也劝他——干吗总是牢骚满腹呢？生活中，工作里，难道只有牢骚而没有美好吗？

他苦笑着说："是啊。我的工作、生活乃至婚姻，都一塌糊涂。真是每天都倒霉透顶。唉！你是不是很烦我唠叨啊？我也知道，一个男人总是这么牢骚满腹，是没有出息的表现。但是，很多时候，我不出来宣泄宣泄，老憋闷在心里，会憋出问题来的。"

我问他："那你就总结一下，你的那些牢骚，主要是哪些方面的呢？"

他想了想，说："其实，仔细想想，我主要觉得老天对我不公平。先说事业上吧。和我一起上班的人，他们一个个都得到提拔重用了，只有我还在那里牛马一样加班加班加班。我的工作比他们还要卖力，还要敬业，为什么我就得不到提拔重用呢？"

我看了看他，说："你有没有找到总是得不到提拔的原因呢？"

他想了又想,最后摇头。

我说:"你听说过《三个金人》的故事吗?没有?好,我跟你说说大概意思。有三个金人,一模一样,要分出哪个最贵。一根稻草从第一个金人的左耳朵伸进去,从右耳朵冒了出来;而第二个金人,稻草从左耳朵进去,从嘴巴里出来了;第三个金人,稻草从左耳朵进去,直接落到肚子里去了。结论是,最后一个金人最贵。"

他不解地问我:"那是为什么呢?"

我说:"因为,第一个金人听了话后左耳朵进右耳朵出,等于没听见;第二个金人听到什么后随口就说出来了;第三个金人不该说的就绝对不乱说。你是第二种人。明白了吗?你在工作中肯定也是一个爱抱怨爱发牢骚的人。这恰恰让你得不到提拔重用。"

我的话,令他陷入了沉思。半响之后,他说:"我明白了。但是,我婚姻里的争争吵吵,实在让我受不了。婚姻可真是坟墓啊。我想弃城而去!"

我对他说:"老兄,你为什么不反过来想一想呢?任何事情,都可以从多个角度去理解的。婚姻中的烦琐、平凡、争吵,你为什么都看成是负累,看成是负面的东西呢?你反过来想,正是那些争争吵吵,正是那些锅碗瓢盆的交响曲,才是家的味道,才是家的温暖,才是家的幸福啊。"

我的话,又让朋友陷入了沉默不语之中。

"可是,如今,我的事业和家庭,都将我推向了如此糟糕的境地,我大概是无法改变什么了。我被闷在一个黑屋子里,找不到走出去的门了。"

我拍了拍他的肩膀,说:"不会的。生活给你关上一扇门的同时,肯定给你留了一扇窗。"

朋友又苦笑："哈哈，我的窗在哪里呢？"

我笑着说："那扇窗，你肯定能找到的。每个人都可以找得到。哎，对了，记得你说过，你念中学的时候，作文特棒对不对？"

朋友说："是啊。那又怎样呢？"

我一拍大腿，欣喜地说："你的所有的牢骚，所有的不满，其实都是生活的矛盾，心里的纠结。这都是生活体验，写作素材啊。你看，你有了那么多生命体验，又有写作的基础，为什么不把那些牢骚写出来呢？对，写作！也许，那就是你生命中的另一扇窗！"

果然，从那之后，朋友的有着浓郁生活味道的文章开始在全国各地的报刊发表。一年后，我收到了朋友的一沓书稿，要我为他的第一本散文集写个序。

我那个爱发牢骚的朋友，终于找到了生命里的另一扇窗！

导读：一句写在课本上的话，拯救了一个迷茫女子，却拯救不了在课本上写字的人。

救　赎

婉如曾经尝试过很多种方法，但是她依然无法安然入眠。这样的境况，已经持续了五个多月，甚至还要久一些。这简直是没有办法的事情。

古琴行的张老太，中午时分，曾经托一托金边眼镜，望一望婉如的深黑眼袋，告诉她说：你不妨，读一读书看。

婉如便记在了心里。于是，便决定了读一读书看。

书橱里，应该是有一些书摆在那里的。婉如记得是有一些的。可是，回来一看，倒是有那么十几本，歪三斜四地摆在那里，但多数是美容和服装类的书，再就是汽车维修之类。下层的隔断上，还有一些凌乱的流行杂志，只看封面就可以断定，这样的杂志更不适宜来读，甚至读罢更会让心绪浮躁。

这倒让婉如平添了一些烦恼。但这似乎更加证实了张老太的说法是正确的。看看自己曾经的读书和藏书，那早已注定了拥有现在不堪的心境吧。是需要读一读书了。读像样的书。

婉如便坚定了自己的这个想法。不然，又能怎么办呢？这几个月来，夜里失眠的煎熬，早已折腾得自己变了模样。她自己都不敢照镜子看自己的脸了。中午张老太托一托金边眼镜端详她时，她就怕自己从那两枚镜片中看见自己的样子，便赶紧低垂下了眼睛来。

于是,婉如就将电话打到了古琴行里去。

张老太似乎有些吃惊:你真的一本书也没有?

婉如说:也不是。只是,我忽然觉得,书橱里的那些,并不是书。至少,不是我现在需要的书。

张老太笑了一笑,说:哦。下午你来,我这里倒有一些。你来取便是。

婉如谢过了张老太,挂掉电话,心里似乎就轻松了一些。起码,已经有了阅读的目标了,虽然尚不知道张老太会荐些什么样的书给自己。但最起码,是有了一个貌似具体的目标了。这便是一种安帖与慰藉了吧。

而自己的心,没有安帖与慰藉的感觉,已经很久了。大概,这就是自己夜里无法入眠的原因所在。再深究下去,大概,心灵的无依感,就是因为没有一个具体的目标。那个男人的不冷不热,后来的人间蒸发,一下就让她在这荒芜的人间失去了方向。尤其是在夜里,那张宽大的床,就像一叶孤舟,在黑色的海里飘摇。婉如四下里寻找灯塔的微光,但目力所及,除却黑暗,还是黑暗。当辗转反侧到精疲力竭时,终于见到了一束光线,心立即欣喜起来。满带着欣喜奔赴而去,才发现,那是窗口的曙光。天亮了。

古琴行的张老太荐的三本书,让婉如很吃惊,但很有那么一瞬间,她立即就觉得了那三本书果然好。

夜里,婉如便开始读书。虽然并没有焚香,但洗手净面倒是必须的。并且,按照张老太嘱咐的顺序来读。婉如夜读,第一本书是名家散文。写的都是爱情。很纯粹。很唯美。夜里,婉如真的睡着了。只是,晨间起床时,发现枕巾总是被泪水打湿过。

婉如夜读的第二本书,是一本旅行的书。那书,带着人周游世界,游览世间圣景。婉如的睡梦,开始甜美起来。她开始觉得,这两百平方米的豪宅,太小太窄了。

婉如夜读的第三本书,是古琴行张老太儿子的中学语文课本。婉如微微笑着,翻来夜读。婉如记起,曾经,自己也在课本上用红的蓝的笔,勾勾画画,涂涂抹抹。如今看来,那时候,真好。真的。真好。婉如翻到最后几页的时候,看见有一行字,写得很认真——我有一个梦想。

婉如的心,立即就沸腾起来,眼泪也沸腾了。婉如觉得,自己一下子就成了自己。原来的自己。

古琴行张老太再次接到婉如的电话,是在婉如离开这座城许久之后的一个晚上。

婉如说:谢谢你的书。那三本。尤其是你儿子的课本。那是你特意找给我的吧?里面的那句话,让我告别了不堪的日子。我开始了新的生活。

张老太笑了一笑,说:哦。写的是什么话?

婉如说:我有一个梦想。你儿子的字。

张老太托一托眼镜,说:哦。好。好啊。

其实,张老太当时手头没有其他的书,只是随便拉来那本课本充数。张老太没有告诉她。

挂掉电话后,张老太看了看在百无聊赖看电视的儿子。高考失败后,他就成了这个样子。

张老太问:你曾经在语文课本上写过什么话没有?比如,我有一个梦想什么的?

张老太的儿子头也没抬,只是更加快速地翻频道:早忘了。烦!

张老太便不再作声,而是弹起一首古曲。在古典的音符里,可以忘却尘世的烦恼。她有她的烦恼。

烦恼来袭时,古琴行的张老太,便常常到古琴里去。

导读： 他们以公用电话的窗口，见证了时代的发展。他们梦想着阻止一些什么。

电话人生

退休后，我和老伴在小城的十字路口处包下了一个小小的报刊亭，经营着几十种通俗的、流行的杂志报纸，兼营部分饮料、水果和日用百货，另外还有一部浅黄色的公用电话。每天都有二三十块钱的收入，足够我们老两口子的生活费，于是，我们的退休金就可以老老实实的积攒在那里不动了。

老伴和我轮流值班。饭时，老伴弄些饭菜来，我们吃在报刊亭里。饭后我们常在报刊亭里闲聊，聊那些涂抹着黄昏夕阳色彩的陈年旧事，从我们的相识、相知到相爱，再到结婚生子，直到两鬓斑白，朴朴实实、诚心诚意相爱的一辈子，相互搀扶着走过的几十度春秋。其情切切，其意浓浓，既平凡又生动。

可眼下这些流行的杂志从封面设计的花里胡哨到内容的张扬放纵，都统统体现着这个时代的浮躁与不安，世人的出格与叛逆，我和老伴很是看不惯的。但人总得跟着时代的步伐朝前走，不经营这样的杂志又赚不到钱，所以我们不屑一顾的同时还苦心经营着这些时代的产物。

其实，如今这个时代喜欢看杂志读报纸的人已经非常少了，网络已经向这些传统的媒体发起了强有力的冲击，我们眼睁睁地看着许多我们的读者从报刊亭前走过，去网吧上网阅读电子报刊,到聊天室说些天马行空不着边际的鬼话。

其实,我们的收入主要在那一部浅黄色的公用电话上。

都说这是一个手机的时代,满街都是款爷一样的人满世界里嘀嘀嘀的打手机,大呼小叫。但没有手机的人倒还占主流,他们占着非常大的比例。我这报刊亭的位置好,在黄金地段,人流涌动,每天总有上万人从这里经过,过来摸起我的公用电话按分钟付给我费用的人不在少数,所以我的收入全指望那一部公用电话了。来打公用电话的人形形色色,千姿百态,有忠厚老实的本分人,有花枝招展的流行女孩,还有奇装异服的城市新人类。我就开始留意这些打电话的人,根据他们的衣着、表情、动作还有谈话的内容来推想他们的人生,他们所处的生存环境以及他们的命运,我越来越觉得这是一个人生的窗口,时代的展台,其中的乐趣丰富而无穷。

有一天,一个穿着并不入时,显得本分忠诚的年轻人来到了我的报刊亭,说:"大爷,我用一下电话。"我立刻就可以断定,他尚未融入这个城市,至少目前他还是一个与这座时尚流行的都市有一定隔膜和距离的人。他很本分。

我在一旁听见他说:"我到这里一切都好,你不用担心,只是工作和生活的节奏变快了,但我能适应,你放心吧,我会努力工作。"

第四天的晚上,那个小伙子又来到我的报刊亭打公话。我听见他说:"你要好好的保重你的身体啊,快去医院检查一下,实在不行就请几天假,好好休息,不要太劳累啊,好吗?"

第五天下午。

"查过了吗?什么情况?你请假吧,好好打针。存折里还有钱,你先取出来用,不要疼花钱。没关系的,我这不是在外面挣钱吗?"

第六天早上。

"好些了吗？好了就好,好好休息啊,别让我担心,刚来了不到一个月,请假是不太好的。过一段时间我回去看你,好吗？时间快到了,我得上班去了,你好好休息啊。再见……"

又过了一星期。

"一位女同事过生日,她请我去参加她的生日晚会,你说我该怎么去啊？"

"你放心啊,我又没有别的想法,这你还不放心啊,我觉得钱不够用,买便宜的礼物拿不出手,买好些的吧,但刚来上班还没有发工资,而原单位欠的八个月的工资还是没有眉目……"

又一个月过去了。

在这一个月的时间里,那个年轻人已经很少到我的报刊亭来打电话了。只是我经常看到他从我的报刊亭前走过,他的发型已经变得流行了起来,气色也挺好,衣着时尚起来,腰里似乎也挂了手机。他已经与那些嘀嘀嘀满世界里打手机的手机一族融为一体了。大概是又过了两个月的一天下午,一个红头发的女孩和那个年轻人从我的报刊亭经过。

年轻人又一次绰起了那一部浅黄色的公用电话:"我早就跟你说过了,我们的生活观念已经发生了改变,我们的生活方式已经不再相同,我这样做是为了给你也是给我自己一个机会,让我们分别去寻找自己的幸福。好了,再见！"说完就果断地挂了电话。

红头发的女孩就咯咯地笑,仰着脸问那个年轻人:"你为什么不用你的手机给她打？"

年轻人在她的额头上点了一下,说:"傻瓜,我刚换了手机,我不想让她知道我的手机号,省得麻烦。"

说完,他们又买了两本媚俗杂志相拥着离去了。

我和老伴正在吃饭,这样一来我们都没有了食欲,干嚼了两口都陷入了沉思。

过了良久,我们对视了一下对方,相互说:"唉!别人的事情你我操的哪门子心啊?"

干笑了两声,我们整个下午都没有精神。

我们依然经营着那几十本流行的、通俗的杂志报纸,继续卖着我们的日用百货,十字路口每天仍然有成千上万的人走过,我们老两口的生活还是在轰轰隆隆的潮流中安宁、朴实。吃过饭,我们还是在报刊亭里聊那些涂抹着夕阳色彩的陈年旧事,退休金依然在按照特定的规律增长着,我们打算在退休金长到六位数的时候办一份《怀旧》小报,让小报充满恋旧情怀,老碾盘、老井、老槐树、老夫妻、老酒壶,让一切和老字相关联的事物、情思在《怀旧》小报上重现,给这个浮躁不安的流行时代一个安放灵魂、安贴灵魂的地方。这也是我经常在流行媚俗杂志报纸以及形形色色来来往往的人流中一直想要实现的梦想。

后来有一天,我来到报刊亭接老伴的班的时候,老伴对我说:"那个年轻人又来打了一次公用电话。"

我问:"哪个年轻人?"

老伴说:"就是那个。"

"啊,是那个。他说了些什么?"

"他穿的衣服已经和刚开始时那样不入时了,还有些破旧,显得很憔悴,我听见他说'你还希望我回去吗?我的灵魂受了伤害,只有你才能安慰我的灵魂……'唉!挺可怜的。"

我听了之后,张了张嘴,但最终什么也没有说出来。

过了良久,我说:"老伴,再查查看,我们的钱攒得差不多了吧?"

导读：她勇敢地面对了贫穷时的辛劳，又试着勇敢地面对富足后的迷茫。

碎 花

又一个落寞的午后。

慵懒地回忆当年，君如渐生一缕酸涩。

她不懂，那时候那般贫穷，没车没房，上班连车都不舍得打，俩人却那么相爱。

苦日子都过去了，苦尽甘来。如今洋楼豪车，爱却淡了。

君如实在搞不懂。

君如在落地窗前，对着暖暖的阳光，端详了一阵子手上的大钻戒。忽然，那多棱多角的钻戒，熠熠生辉，就灼伤了她的眼睛。

君如的眼睛微微闭合，她的世界里，竟然奇迹般开满了碎花。

置身碎花的世界里，君如立即心生美好。

那穿碎花长裙的青葱岁月啊，朴素，简约，却意蕴悠远。那时候，最爱他在操场上吹口琴。那口琴的悠悠音符，就是一地碎花吧，细碎着蔓延着，爬满了君如的碎花裙，心里也盛开了一些。那时候，天蓝风轻，爱在眼里，爱在心中。

那一辆单车穿梭俗世繁华的岁月啊，轻盈，简单，又苦中带甜。那时候，最爱坐在他的后面，张开双臂，拥抱阳光，拥抱蓝天，拥抱路过街角法桐树下细碎着的斑驳光点。那斑驳细碎的纹路打在他单薄的肩背上,既恍惚又真实。那时候,贫穷且能听见风声,爱在旅途,爱在怀中。

君如忽然便有了一些领悟。

哦,爱啊,大概就是细碎的花吧。碎花裙上,那星星点点的碎花,简约,朴素,意蕴悠远。那爱啊,大概就是细碎的光影吧。法桐树下细碎的光影,斑驳,虚幻,着墨深浅有度乃至留有遐想空间。

哦,哦,如今的生活,是否太多太满?如今,碎花的裙,早已不穿。衣橱里的名牌服饰到底有多少,连君如自己也数不完全。如今,车子大了,房子阔了,玫瑰成捆了,首饰成堆了,生活满满当当了,爱却被挤跑了。是这样吗?嗯嗯,大概就是这样吧。君如自语道。

落地窗前,君如缓缓站起身来,伸了一个懒腰,她决心做一点什么。

君如来到电脑前,打算网购一把口琴送给他。

君如又想,我何不亲自出去买一把呢?不远,如果步行得快一些的话,回来会在他到家之前。

君如又想,何必一定要赶在他回来之前呢?让他在这空寂的房子里等一等,也是好的。那么,买完口琴偏偏晚回来一些,顶好,顶好是下一点小雨,溅上两腿细碎的泥点才回。他问,这么久,你去哪儿了?自己就调皮地从背后拿出口琴来举到他的眼前,说,你看……

导读: 我病体康复是源于医院的治疗,我心灵康复是因为遇见了那个女孩儿。

那样美好

晚间的雨,下了好一阵子,终于停歇下来。夜风里裹挟着秋雨的湿凉。这是美好的时光。L决心一个人到街上去走一走。L的病情已经很有一些好转,咳嗽见轻,头晕也不再那么厉害。在病房里囚困半月时间了,在这样一个雨后的美丽夜晚,不想出去走走是不可能的。然而,他的妻子并不允许。是不允许他一个人出去。她说我陪你去好了。L将她轻推进门,说,这些日子,你没睡囫囵,歇着吧。我随便走走。她又问,能行?L点头。妻子知道他的脾性。他是一个倔强的男人,所做的决定,别人很难更改。于是,她便嘱他小心,并递过一件厚实的上衣让他带着,怕他初愈再感伤寒,那病就要麻烦了。

外面果然清爽。L做了几次深呼吸,身体里活跃开来,神清目明,格外畅快。迎面悄悄跑来一只小狗,在昏黄的路灯下,探着鼻子这里嗅嗅,那里闻闻,就钻到了L的脚下,钉着他的裤管和鞋子不放。L立即心生一些欢喜。以前,他是顶不喜欢狗这种动物的,嫌他的鼻子乱拱,舌头胡舔,并且还随意撒尿。然而,今晚却心生喜爱,自己也并没有觉得奇怪会有这样的欣喜。他想,大病久矣,人性也善。大概就是这样的。L俯下身子去,将那黑狗抱将起来,举过头顶,看它的两条后腿一蹬一蹬,嘴巴里发出支支吾吾的响声，那并不是害怕，也不是愤怒，他听得出，那是撒娇的声音。这撒娇的哼哼，更加增添了L心里的欢喜。

小狗的主人来了。是一个妙龄少女。看起来，顶多有二十岁的样子。像一支初绽的栀子花。栀子花说，花花，快下来，快下来。给人把衣服弄脏了可怎么办呢？L看到她的脸上写上了担忧和焦急。他看得出，那担忧和焦急是真诚的。L就笑了。说，没事，没事。这小狗，是你的？栀子花点头，说是啊是啊，太淘气，乱跑。我拿它真没有办法。实在不行，还真需要拴起来。但是拴起来，我又担心它不开心。唉。还是不拴吧，大不了我还是这样跟着它到处跑。但是，我跑不过它呢。这不，一转身的工夫就不见了。快放它下来吧，看它都把你的衣服弄脏了。

L放下小狗，立在那里，默默望着小狗拱到它的主人脚下去。栀子花蹲下身，一手抓着小狗的前爪，一手轻点它的小黑鼻子。女孩脸上装出稚嫩的严肃来，说，不许再乱跑！不然，不然可就真拴起来。花花，听到了没有？记住了没有？小狗花花哼哼了两声，说，汪汪。那意思，大概是说记住了。L禁不住笑了起来。呵呵。多么有趣的对话。多么美丽的夜晚。多么令人心疼的生活啊。L的心里越发沉静和安宁。病房那半月，实在是煎熬。在那里的每时每刻，都在盼望着重回这个美丽的世界。终于，这个美丽的世界，又回来了。L贪婪地享受着这一切的美好。美好的空气，美好的夜色，美好的灯光，还有那美好的女孩带着美好的小狗回家去的身影。望着望着，L觉得自己的眼中有了泪水。是啊，是泪水。对这美丽的世界，对这美好的生活，怎能不眼含热泪呢？L想，栀子花一样的女孩啊，真心地希望你，能够永生享用这美丽、健康，还有快乐。

女孩儿和小狗的身影消失在美丽的夜色里。L转身回病房

去。透过玻璃,他看到憔悴的妻子已经伏在病床上沉睡而去。他听得见她打着轻微的鼾声。她的发,已经有了一些斑白。L顿觉心酸。哦,我的妻,与你相识时,你是多么的年轻,快乐,那时候,你也如栀子花般是在二十左右的年纪。我也曾经真心地希望你,能够永生享用美丽、健康,还有快乐。可岁月,给予你的,并不仅限于此啊。啊,啊,这生活,这岁月!

　　L将手里那件厚实的衣服,轻轻,轻轻地给妻披到了肩上去。

导读：原来，向人求助也是需要资格的，并非每个人都有资格求助于人。

求助资格

有一个年轻人，很有才干和勇气，于是，他开始了自己的创业之路。不久之后，他遇到了最大的困难——资金短缺。

年轻人怀着真诚的心，找到了本地一位著名的企业家，详细谈了自己的创业计划以及美好前景，希望能得到企业家的帮助。

企业家一言不发地听完年轻人的陈述，说："你需要多少资金？现在筹集到多少了？"

年轻人赶紧说："总投资100万元。我已经筹集到10万元了。"

企业家摇摇头，拒绝了年轻人的请求。

企业家说："我很忙。就不奉陪了。"

说完，企业家起身就要离开。

年轻人很失望，眼睁睁看着企业家朝大门口走去。年轻人忽然又喊住了那位企业家，说："对不起。我能问明白您为什么不肯帮助我吗？"

企业家站住身，回过头来慈祥地望着血气方刚的年轻人，想了想，说："年轻人，我不怀疑你会成功。但是你要记住，人生并不是任何时候都可以求助。反过来讲，人们也不会随便帮助一个人。我的意思是，你现在刚刚努力到目标的百分之十，是不会有

人轻易相助的。如果你已经努力到百分之七十,或者八十,那么,当然会有人愿意帮你。"

年轻人说:"您意思是说,人们总是喜欢帮助即将成功的人,而对距离成功还很遥远的人不愿意帮助?"

企业家说:"大致是这么个意思吧。"

年轻人低声说:"多么势利的人们啊!"

企业家笑了,拍了拍年轻人的肩膀,说:"你需要逆向思考。不要想人们多么势利,要多想自己是不是已经百分百努力。如果你的每一步都是在别人的帮助下完成的,那成功还有什么意义?我借给你90万,帮你完成目标,很简单,可是这是你自己努力的结果吗?如果你的努力还不够,那么你就还不具有求助的资格。所以,我建议你,可以先从10万元起步啊,一步一步来。他助不如自助。好了,祝你好运。"

年轻人想了很久,最后还是采纳了企业家的建议,他果真从10万元起步,脚踏实地地把事业做了起来。

后来,年轻人也成了一位有名的企业家。自然,也有一些有才干和勇气的年轻人,创业之初来寻求资金帮助。已经成为企业家的年轻人,也像当年那位企业家一样,拒绝了他们的求助,并告诉他们说:"求助者,是需要资格的。当你通过努力,获得了求助的资格,自然会有人帮助你。"

导读: 她对一个男人成功的标准,居然有这样新颖的见解。

成功的男人

表妹从上海回老家来,听说我到县城工作了,便特意赶到小城看我。我热情地说要请她吃顿大餐,再邀请我在小城最好的朋友们陪她。我特意介绍了我的那帮朋友,热情、大方、活力四射,我们总是玩得很嗨。

没想到,表妹拒绝了我的好意。她说:"就咱俩吧,找个小店,兄妹俩好好聊聊。"

于是,我们寻了一条陋巷,找了间僻静小店。你还别说,没想到这样的小去处,还挺有味道的,一是清幽安静,二是小吃特色有味。我们边吃边聊,聊些各自的生活,聊聊彼此的工作。

后来,我就问到了表妹的婚姻。我说:"没见你带回来过。他是个什么样的男人?"

一聊到这个话题,表妹脸上荡漾起幸福的表情。她说:"他呀,在我心中,是个成功的男人。"

我说:"那是必须的。要不然,怎么能配得上我表妹嘛!说说看,他是个什么样的人?"

表妹说:"他呀,是研究经济的。"

"哦。是个经济学家啊。怪不得你说是个成功的男人呢。"

"我说他成功,倒不是因为他是一个经济学家。的确,他的学问很大,经常到世界各地讲学。但是,我说他的成功,不是指这

些。"

我有些好奇："那，你说的成功是什么呢？"

表妹神秘地一笑，说："他能和你聊非常细小的事情。表哥你知道吗？其实在我心中，一个成功的男人，不一定要有多么大的成就。其实那些东西，与你没有多大关系。与你关系大的，是他跟你在一起的时候，和你聊什么，做什么。他一回家，就会挽袖子展示厨艺，做非常精致的美食；他会跟我讲他在世界各地的那些见闻，甚至会给我描绘中国的柳叶和英国的柳叶在形状上以及纹路上有哪些区别；他会跟我说美国哪个家庭妇女戴过一个别样的胸针，他觉得那个胸针特别适合我戴，他跑了好几条街却没有买到。表哥你不知道，其实我也说不清楚，当我听到这些的时候，我真的很感动。"

我半天没有说出话来。这可真令人吃惊。表妹眼中成功的男人，竟然是这样的——具体、细致、敏感、耐心，不说大话空话，只给你细致入微的关怀与呵护，如此，足矣。

表妹接着说："其实，聚会，也不必太热闹。这都是我跟那个男人一起生活养成的习惯。三两好友，简单纯粹，去小地方，做小事情，谈小话题。挺好的。他常跟我说——低档次的热闹社交，不如高档次的高贵孤独。"

听了表妹的一番话，我觉得很有道理。我发现，眼下的我还不是一个成功的男人啊，可我产生了做那样一个人的念头。

导读： 他生活的理想，就是赚钱和顾家两不误，并且他成功地做到了。

何以养家

我有一个儿时的朋友军子，憨厚本分。他学历止于高中，而我考上了大学，毕业分配到省城来工作。从此，我们的生活有了很大区别。他在乡下，膝下一对双胞胎儿子，生活清苦自不必说。

后来，他央我给他在省城孬好谋个差事。毕竟我刚刚在省城打拼，人脉稀薄，资源紧缺，也不认识权贵名士，但我尽心尽力托朋友给他寻到了一个还算说得过去的工作。工资不是很高，但相对清闲，也算不错了。军子很感激。一个劲地称谢。我说："你和我还客气什么啊？谁让咱们光着屁股一起长大的呢。"

可是，半年后，我那个给安排工作的朋友就朝我发起牢骚来。

原来，军子到省城来上班之后，竟然经常请假。问有什么大事必须请假？他总是回答，也没有什么大事，就是想回家看看。

朋友抱怨说："你说什么样的公司经得起员工这样三点打鱼两天晒网？我可是看着你的面子啊，换作别人，早给辞啦！"

真怨不得朋友这么抱怨啊。唉！这个军子！

正好这些日子我的心情颇不宁静，工作上我是个拼命三郎但依然没有起色，妻子也时常跟我闹别扭耍性子。唉！心情糟透了。于是，我就约了军子一起喝酒，顺便把朋友的话说给他听。

我说：" 兄弟，咱出来打工，为的是啥？"

军子说："赚钱养家啊。"军子乐呵呵的，没事儿的人一样。

我说："我听说，你以前在很多地方打过工，可都是因为你三天两头请假回家，每个工作都做不长。这可不行啊。你想想看，赚不到钱，何以养家？"

军子笑着敬我一杯，说："钱要赚，有钱才能养家啊。"

我说："原来你明白这个道理啊！那你这么三天两头朝家跑，合适吗？"

没想到军子竟然笑着说："踏踏实实赚钱，和三天两头回家，同等重要。"

我大吃一惊，差点被一口酒给噎着。

军子朝嘴里丢一颗花生米，说："别看你是大学生，我是高中生，可我智商比你差不了多少。我分析过了，咱们村里吧，有这么三种男人。一种呢，是整天窝在家里走不出去的男人，这种人看似顾家实际上是没有出息；第二种呢，是整天在外面打工赚钱常年不着家的男人，看似很有责任感大把大把赚钱，可家里没有家味儿，老婆孩子情感缺失；第三种男人呢，就是我这种，每年也外出努力打工赚钱，但我见空就回家，老婆孩子热炕头，这才是正常人的日子。"

我对军子的人生理论瞠目结舌。

军子举杯和我碰了碰，说："哥，我正想着怎么请你喝喝酒，开导开导你呢。半年来，我发现你是个工作狂啊，早出晚归，搞不完的应酬。老婆孩子怎么办？你过得幸福吗？工作和家庭，一定要兼得才好。别看我经常请假，可我都是提前把几天后的工作都想办法做好了才请的假啊。反正我就一个原则，赚钱和顾家两不误。"

嘿！这个军子，还真有他的！军子的话，让我陷入了沉思。

导读： 他一直因为担心拖垮全家而打算放弃治疗，直到遇到了那个小女孩儿。

最后的决定

他打算放弃治疗。

他认为，放弃治疗，是他这一辈子最英明的决断。继续治疗下去，家就被拖垮了。

他不忍心。

他不忍心看着爹瘸着腿在工地上拼命。最壮硕的他衣服都大一个号了。

他也不忍心看着妹妹在课余做三份兼职。最爱美的她头发都枯黄了。

他顺着医院里一道逼仄的走廊朝前走着。

他在做最后的决定。他决定，明天就逃离。

逃离医院。也是逃离背负的愧疚。

走廊里，阳光被分割得支离破碎。

他久久望着，想，我的生命，也即将支离破碎了。可是，支离破碎之前，怎么忍心让那个深爱的家一起破碎呢？

他又一次做了最后的决定。放弃吧。必须放弃。

他毅然转过身，打算朝回走。

走廊的一条长凳上，竟然坐着一个女孩。

她很小。

看模样,也就七八岁的样子。

刚好有一片阳光照在她的脸上。像个阳光下的小精灵。

她笑得很灿烂。一双小脚,随意悬空摆动。

她歪着头,微笑着望了望他。

他说:叔叔,你不开心吗?

他本不想开口,他已经许久没有开口。而这次,他却不由自主地搭了话。

他说:你很开心吗?

她立即笑得更欢。她说:嗯。

他说:为什么开心?

她忽然伸出小手来,嫩芽一样的手指分开让他看。

她说:我有一颗糖。

他望住那颗糖,又望她的小脸蛋。

他忽然热泪盈眶。

斑驳的阳光里,他想起了妹妹。

那时候,妹妹还小。妹妹大概只有眼前这个女孩这么大,或者,稍微大一点。

那大概是母亲去世后的第三年。

父亲做工回来,带回来了一颗糖果,给了妹妹。妹妹非常开心,举起来对着阳光看了又看。

他抢走了糖果。

妹妹大哭。

爹呵斥他。夺回糖果还给她。她破涕为笑。

他很生气,嫌父亲偏心,总是把好吃的都给妹妹。那时候难得有什么好吃的。

他爬上了墙头。那墙头很高。石头垒的,早已经有了裂缝。

妹妹忽然大喊：哥！你别摔着！妹妹不要糖了。给你。哥，哥，你快下来！

他在斑驳的阳光里，清晰地看到了妹妹焦急的脸，也看到父亲焦急的脸。

在那一刻，那一块糖什么也算不上。他们不要糖，他们只要他！只要他好好的。

他迅速转过了脸，怕女孩看到他哭。

走出很远，他擦擦眼泪，回过头去，看见那个女孩子，正对着阳光欣赏那一颗精致的糖果。她笑得跟阳光一样灿烂。

那一刻，他又一次做了最后的决定。

导读：医生给他的生命下了最后的断言，他却因为一幅字而多活了两三年。

救命的毛笔字

朱局长自打退下来，就一日日地觉得没有了往日的荣光，连局门口常年摆摊的吴老头也不把自己当盘菜了。去给孙子买块冰棍还爱搭理不搭理的，原先可不是这样的，那时候是还上赶着朝小孙孙的手里塞呢。

唉，这人呢！

朱局长哀叹不已。

憋闷了这么三两年，朱局长就憋倒了，一查，癌症晚期。

先是痛苦不堪，不吃不喝的，直到医生给了判决书，说还有半年时间，并且前提是乐观些，不愁闷，心情舒畅，否则，也就还能撑三个月。

老朱一想，是啊，这一辈子操劳，一辈子荣光，这临死了，可要乐观些。

朱局长开始到这一辈子所走过、工作过的地方走一走，看一看。他这是在做生命最后的告别。

这一天，朱局长来到了他刚上任局长那年包扶的一个村。

这是一个非常贫困的村。他曾经象征性地在村委里住了些时日，多少也给村里办了点实事。

再次来到这里，看看这近十年过去了，村貌依旧，贫困依然，朱局长感到有些愧疚。假如当年能拿出更多的精力和能力来改变这个村子,那将是另一番景象了。唉!现在已经是退下来的人了,并且还只有那么有限的几个月时间,实在不能做什么了。个中滋味,无法言表。

村里领导象征性地接待了一下,便让看大门的老宋指引着到处走走,便说村里事情多;不能奉陪,就各自忙各自的去了。

老宋也是爱搭理不搭理的样子,毕竟这老头在村委大院里待的时间长了,练出些火候来了——什么样的领导来,用什么样的规格款待,他那心里早有个大体的谱目。一看现在的朱局长已经不是当年的朱局长了,相当年朱局长在这里蹲点时,是自己跑前跑后的伺候啊,但现在是大势已去,只要在礼节上表示一下,也就可以打发了,所以老宋也就不上心。

在村里转了好几圈,最后回到村委大院,老宋进灶屋去,说弄两盘小菜吃吃。

朱局长也猫腰进去了,一抬头,忽然看见墙壁上有一副毛笔字,一眼就认出来了,那是自己的笔迹。

他想起来了,这是当年在这里蹲点时,这里的领导向自己求的墨宝。

看看已经泛黄,且被烟熏得发黑的自己的墨宝依然挂在这村委大院里,老朱忽然热泪盈眶。

老宋一看这局势,顺嘴奉承了两句,说大家都喜欢这副字啊,经常有人来看,夸您好功夫呢!其实这老宋心里明白,这副字画,是在多年前就从村委办公室给清出来的,也就是朱局长刚退下来的时候,只是因为这灶屋里的那面墙透风,老宋看这装裱很好的纸在垃圾堆里丢着,便废物利用,贴到墙上挡风用了,已经贴了好几年了,他也就忘了。

朱局长回家后精神更加焕发,心情更加舒畅了。没有想到,竟然还有人把自己当年的笔墨当宝贝一样贴在那里,这简直太让人欣慰了!

半年后,老朱并没有像医生说的那样会离开这个世界,反而更精神更快乐地生活着,直到最后面含微笑,满足地离开了这个世界。

他比医生的诊断时间要多活了 27 个月。

医生说,这简直是个奇迹。

第四辑 爱情如歌

爱情如春花般美好，因为她是一种生命的绽放；爱情如磐石般坚固，因为她是一种亘古的守候；爱情如宝石般珍贵，因为她是一种真心的给予。爱情如歌，传唱千古。

导读：他从小接受的传统文化，告诉他面临诱惑的时候该怎么做。

带你去个地方

王总身家过亿，是个很牛的人。周围拥者云集，其中不乏真朋友，也不缺各怀心思者。于是，很有一些年轻的美艳女子打起了这钻石王老五的鬼主意。都说江湖险恶，果不其然。那几个美貌女子联盟，对王总的夫人下了毒手。他们的手段不能说不文明，因为他们与夫人说话交往颇有礼节，只是含沙射影，一语双关。夫人虽然没有文化，也比四十出头儿的王总大出去了七八岁，可是，她并不傻。夫人从那些女人带刀的笑容和带刺的甜言蜜语中认清了自己。

是啊，这是明摆着的事实。自己的确配不上王总。自己没有文化，出身低微，如今是快五十岁的老婆子了，人老色衰，百无一用，这么不识趣地囚困着年富力强、魅力无限的王总，最起码是不仁慈的，无论怎么说也是要遭人唾骂的。你看看，这些个小妮子不就天天叽叽喳喳地骂个不停吗？

于是，贤惠的夫人做了一个决定。夫人郑重地和王总进行了一次谈话。她告诉王总，说：我老了。这么多年，也知足了。我打算到杭州的别墅去专职看孙子了。你在上海，也该有你想要的生活。何必苦着自己呢？

王总是何等聪明，他当然听出了夫人的意思。王总想了想，笑着说：好啊。不过，我先带你去个地方吧。

夫人问:去哪儿?

王总说:去了就知道了。

一同去的,除了夫人,还有那几个一直叽叽喳喳的美艳女人。

夫人脸上带着微笑,心里却很难过。老王这是做什么?是要我给他把把关,选选人吗?

王总一路无话。那些年轻美貌的女孩儿开始还叽叽喳喳自我表现,可看到王总很严肃,也就都乖乖地住了嘴。

王总的老家有一座大山,叫晏婴崮。王总小时候就生活在晏婴崮下。后来闹饥荒,父母双亡,王总一路乞讨闯了关东,半路遇到现在的夫人。两人一路奔波,后来闯入上海滩,几经生死,终于打下了如今的江山。

车沿着山路蜿蜒而来。

夫人问:这是什么地方?

王总笑了,说:从来没有带你来过。这是我出生的地方。这里叫晏婴崮。今天,我就是要带你们来这个地方。

一车人齐刷刷把目光都投向了这座山崮。那几个女孩开始赞美这里的风景,说这里简直是个风水宝地,果不其然,你看,这不就出了王总这样的大人物?!

王总率领这一帮子女人朝崮顶攀登。这可苦了这些大城市里的高跟鞋,一个个龇牙咧嘴,怪声四起。起初年轻的她们争先冲在头里,可后来一个个败下阵来。王总搀扶着夫人,率先到了崮顶。过了好久,后面的人才赶上来了,一个个或坐或躺,叫苦连天。

王总说:齐了吗?

几个积极的女士赶紧清点人数,争先回答说:齐了齐了。

王总说：看看这里的风景吧。大山，小村，蓝天，白云，梯田，森林，蜿蜒的小河。感觉怎么样？这晏婴崮美不美？

几乎异口同声,她们回答说：真美！太美了！从来没有见过这么美丽的地方！

王总说：晏婴崮，还有一个典故呢。我来给你们讲一讲。

于是，王总讲起了晏婴崮的故事。

春秋时期，齐国有个名臣叫晏子，晏子名婴。他曾经领兵在这里安营扎寨，于是，后人就管这里叫了晏婴崮。当时，齐景公为他的宝贝女儿选女婿，选中了晏婴，可是晏婴早已经与原配夫人誓同生死。晏婴便请齐景公到自己家中，让自己的夫人出来斟酒侍奉。齐景公对晏婴说：你的夫人又老又丑，比我那年轻美貌的女儿差远了！晏婴忽然跪下，恭敬地回答说：臣的糟糠之妻的确又老又丑，而这是因为她把最美的年华都给了我，在我耗尽了她的美貌之后，又怎么能弃她于不顾呢？婚姻本来就是两个人互相托付终身，彼此照顾一辈子，任何人都应该遵循这个道德准则，身为君侯将相更应以身作则……

王总说：这就是晏子拒婚的历史典故。这就是我出生的地方。啊呀，几十年不回来了，这晏婴崮啊，还是原来的样子。几千年了，它一直都没有变。

夫人哭了。

夫人泪眼蒙眬。她看见那些一路叽叽喳喳的青春靓丽的女孩儿，一个个都变得沉默不语，陷入沉思。

导读： 陷入无聊生活的她，开始寻求突围。后来发现，她需要的浪漫和激情，居然都在意想不到的地方。

小雨沙沙沙

雷声不大。像从深远的地平线以下传来的鼓声。远古战场上的战鼓。沙沙时常听到这样的战鼓声。尤其是在阴雨天气。沙沙觉得奇怪，下雨的时候，她关注的并不是雨以及雨水淋湿的这个世界，她关心的只有那阵阵的雷声。她似乎一直在渴望着雷声来敲击她的心扉。沙沙知道，她内心的地火在默默地积攒着疯长的力量，积攒着燃烧的能量。她要烧毁眼下的一切，烧毁那个荒芜的瓦砾杂陈的围城。沙沙的心，已经不再属于这座婚姻的城堡以及这座城堡的主人。那是一个了无生趣的男人！

雷声似乎又大了一些。没有可循的韵律，但却有种令人冲动的节奏。沙沙想，怪不得，在古时候的战场上，一定要有一名壮汉拼命地擂响战鼓呢，原来，战鼓最可以激起人们心灵的力量和向前的冲动。窗前的沙沙，轻轻合拢了那本硬皮的莫泊桑的小说集。她刚刚读罢一则短篇，名字叫《月光》。啊，几百年前的这位小说家啊，你是怎么洞穿了几百年后的我这个女人的心？你写的，何尝不是陷入苦恼中的我呢！沙沙将书埋在胸口，抬起眼睛来朝窗外望去。外面的小雨已经沙沙沙地落了下来。有一些随风飘落到窗玻璃上，噼啪噼啪地响，它们似乎要钻进这座干涸的围城，给渴望绿色与生命绽放的生灵以润泽。然而，那层坚硬的玻璃，阻挡着这一切的发生。沙沙的小雨,当然是无法冲破这坚硬的阻隔,唯有那战鼓的雷鸣才可以做到!战鼓啊,请你给我心灵的力量!

　　外面的雨,已经大了起来。归来的男人没有带伞,他将车停进车库之后,小跑着要穿过沙沙的细雨回家来。沙沙刚好看到了他摇摇摆摆奔跑的样子。即便是这样的姿态下,沙沙也没有看见他的脸上的表情有些微的变化。他永远是一个不苟言笑的人!最近一些时日,沙沙似乎看到他的模样就要生厌起来。木头!这个世界上木头一般的男人怎么会那么多呢?没有激情,没有浪漫,没有趣味,有的只有沉闷、粗鲁,还有迂腐。沙沙几乎不再渴望以共同交谈、两人散步、彼此对视等方式与之交流。沙沙对这个男人已经冷却了。她早已经习惯了用阅读的方式和这个世界交流。然而,在阅读的过程中,沙沙发现这个世界上木头一般的男人居然是那么多!《月光》里的丈夫,在女主人公被美景点燃要求与他亲热的时候,居然说"这不是亲吻的理由",天呢!《安娜·卡列尼娜》中安娜从火车上下来,她的丈夫了无生趣的话,不仅让安娜愤怒,也让沙沙胸口起伏!木头!木头!我们不需要木头一样的男人!战鼓啊,响起来吧!顷刻间,天地间果然雷声大作,电闪雷鸣,一时间大雨如注。

　　摇摇摆摆朝家奔来的男人,万般无奈,只好在楼下一个凉亭里避雨。他撸着脸上的雨水,头发被打湿后伏贴在前额上。他的样子是那么狼狈。他无助的眼睛朝自己家的窗口望来,刚好看到窗口的沙沙。沙沙目睹了这个男人一系列的动作,也望见了他看到自己时眼神里透露出来的一些惊喜。他的眼神里居然闪烁着一些惊喜!沙沙的心忽然之间就柔软了一下。一截干枯的木头,忽然间生发出一些新绿的枝叶来。沙沙隔窗望着雨里的那个男人。那个男人隔雨望着窗里的沙沙。在这段距离中,雷声激荡着,轰鸣着。沙沙想,沙沙啊沙沙,你渴望的战鼓一样的雷声,是为了阻隔与这个男人的一切联系,逃离出他的城堡,还是让这雷声也同样给这个男人以力量,让他拥有战鼓下的激情呢?还没有等沙沙理清思路,楼下的男人开始喊了起来:"沙沙!沙沙!"沙沙看到那个在凉亭里却依然被淋了个精湿的男人,正将一只手拢在嘴边,大声喊自己的名字。这是多么熟悉的一个动作啊!当年在大学女生公寓的楼下,不正是你嘛!你也是这样一只手拢在嘴边,毫无顾忌地大喊"沙沙!沙沙!我爱你!"天呢,这一晃是多少年过去了啊!如今,孩子已经上高中了,激情都老了,浪漫都枯萎了。沙沙没有想到,在这个雨天里,她在从战鼓一样的雷鸣中积攒烧毁一切的力量时,那个男人居然也从电闪雷鸣里吸收了能量重新点燃了青春吗?"沙沙!沙沙!伞!给我扔一把伞!"

沙沙的眼睛忽然有一些湿润。这么多年来,这个坚硬的男人,什么时候用这样柔软的话语向自己求助过?服软过?温柔过?沙沙丢下莫泊桑,抓起一把雨伞,便匆匆下楼去了。她撑开伞冲进雨中去,要给自己的男人送去他需要的。因为,此刻,他是那么真诚地、平等地需要着她。凉亭里的男人,看见沙沙举着伞朝自己跑来,大雨在那柄撑开的伞上绽放着美丽的雨花,他跑出凉亭,迎着那柄伞跑去。

雷声又大了一些。雨也更大了一些。

沙沙看到朝自己迎跑过来的男人,嘴一张一翕地说着什么,仔细一听,居然是"你慢点!路太滑……"

沙沙湿润的眼睛变得热泪盈眶,那泪珠终于合着雨水滚落了出来。就在两人在雨中即将交集在一起的时候,沙沙忽然丢掉雨伞,一跃身,扑到了男人的怀里。男人有些惊恐,他张开双臂接

住这个娇小的但又发疯的女人,险些摔倒。"沙沙!你疯了!"沙沙紧紧钩着自己男人的脖子,再也不松开。男人无奈,只好抱着这个疯女人迈着沉重的步子奔向了楼梯口。他们进了楼道,让雨和雷留在了楼的外面,留在了城堡的外面。那柄丢在雨里的伞,翻了两个滚,最终撑在了一个角落,像一朵美丽绽放的蘑菇。沙沙的雨点落在蘑菇上,溅起迷人的雨花。

导读： 失去丈夫而仍然活在爱中的她，终于寻找到了一种让爱绽放的方法。

让爱在伞下停泊

月生日的那一天，山子给她买了一把伞作为生日礼物，是粉红色的，同时也给自己买了一把，是黑色的。月说："你还真够浪漫的。"

山子就笑。山子说："只要你能够喜欢。"从此，每当到了下雨的时候，小镇上就有一对情侣伞像诗一样在雨丝里飘来飘去，一把是黑色的，另一把是粉红色的。小镇上的人都拿羡慕的目光看着他们这一对恩恩爱爱的小夫妻，他们都处在诗一样美丽的年龄。小镇在这一对小伞的映衬下显得更加充满了生机和活力。

山子喜欢给月讲动听的故事。

山子给月讲故事的时候，月总是将肘支在膝上，手托着腮，非常认真非常可爱的样子。

山子曾经给月讲了这样的一个故事：从前，有一对非常恩爱的夫妻，丈夫是一个要比他的妻子矮一头的小个子。他们走到大街上的时候，总是让人感到别扭和不可理解，并且还有人当着他的面说你们太不般配了，你妻子完全可以找一个比你强十倍的男人。但是他们对这些话从来不计较。他们仍然恩恩爱爱地生活在那里，并且亲亲密密地出出进进，而妻子也总是用手挽着丈夫的胳膊。下雨的时候，他们出门，总是共同用着一把伞，并且是由

丈夫举着,由于丈夫要比妻子矮一头,他在举伞的时候一直是高高地举过头顶,好让那把伞挡住高大的妻子头顶上的雨丝。后来,妻子得了癌症离开了这个世界,丈夫感到万分的痛苦。他太爱他的妻子了,然而如今只剩了他自己在这个世界上。每当下雨的时候,他总爱举着伞到雨里去走一走,并且他总是将那把伞高高,高高地举过头顶……

月听到这里的时候,早已经是流了一脸的泪水,她被故事深深地感动着。

然而,不幸为什么总是寻找善良的人?!山子出车祸了。山子在那次车祸中离开了这个世界,离开了月。

月感到非常的痛苦。

月太爱山子了。

在山子离开月之后的日子里,每当下雨的时候,月总是爱到雨地里去举着那把粉红色的小伞到他们曾经去过的地方走一走。

她的腋下总是夹着山子的那一把黑色的小伞。

人们看见月的时候总是为她感到难过,他们说:为什么美丽总是带着凄凉?为什么让人羡慕的东西总是带着残缺?

后来,月在小镇上开了一家雨伞专卖店。

她的这个雨伞专卖店取了一个很好听的名字——情侣伞专营店。

月在这个小店里卖各种各样的情侣伞,每当有成对的情侣来买伞,她总是要给他们讲一个故事,说有一个矮个子丈夫和一个高个子妻子,他们非常的恩爱,雨天他们出门时总是由丈夫举着伞,由于他的个子矮,他总是将伞高高地举过头顶。后来,妻子得了癌症离开了这个世界,矮个子丈夫仍然喜欢走在雨里,他手中的伞高高地举过头顶。

讲完了的时候,来买伞的情侣无一不被故事深深的感动。

月就让他们都在伞店里面的音乐小屋里坐下来,给泡上一杯香茶,让他们也讲一个有关伞的爱情故事。

于是,当她将有关伞的爱情故事搜集多了的时候,再有人来买,就可以点一则自己喜欢的故事,而这则故事早已用散发着淡淡清香的漆喷印在了伞的内侧,月总是祝福来买伞的情侣,说:"带着你们有关伞的爱情故事走吧,我相信它是天长地久的,风儿吹不散它,雨儿淋不着它,因为它就在你们的伞下。"

导读: 真爱,哪怕在只能单行的邮道上,也可以往复传达。

单行邮道双行爱

因为工作的要求,我需要经常到全国各地去出差,少则三五天,多则十天半月,甚至更长。

所以,我要经常离开我的小窝,离开我妻子。我觉得这样对我这个刚结婚的年轻人来说,有些不公平,总认为有点对不住我的娇妻。用她的话说:"人家嫁给你就是让你疼的嘛!可你一个月至少20天见不到人影。连掐你啃你让你疼的机会都没有。"老婆这么说的时候,眼圈就红红的,弄得我的心里也不是个滋味。好在老板给我许诺,说我今年努力跑一跑,把业务搞上去,市场稳固了,就把我留在总部做管理工作,这样就可以有时间照顾家里了。

出差在外,我每天都要给妻子打电话,在电话里缠绵很久。我想多和她说说话,算是对她的一种补偿吧。另外,每到一个地方,无论业务忙不忙,我都要抽出时间来给她寄信。我会趴在宾馆的桌子上或者在火车上给她精心写上一封信,说些思念的话语,或者给她说说当地的风情趣事,落款上要写上具体地点和具体时间。其实,我家里很早就上了宽带网,我们也经常在QQ上聊天,我们也可以互发邮件,可我觉得那都是些虚拟的东西,无法长久保留,也就没有爱情久恒的浓郁和热烈。所以,每到一个地方,我总要给她寄上一封不长但很真诚的信件,说说我对她的思念,讲讲我当时的情形;或者把在旅途中听来的笑话、故事再讲给她听;或者寄上当地的一枚树叶,让她从那片沾有异地风情和我的气息的树叶上感受爱的存在。有时候我要跑好远找好久才可以找到一个邮局,可我真的心甘情愿这样做。当把信封小心地投进那绿色的邮筒,我甚至可以想象得到,她在一次次接到我的亲笔信的时候,该是怎样的喜悦。

我知道,我在外地是无法收到她的回信的,因为我无法在一个地方待很长时间。这是一条单行的邮道。可当我所有的爱顺着这条单行邮道输送到我的小小的家,寄达我爱的目的地,被小心翼翼捧在那个人的小手掌上的时候,我想,我都会为自己所感动,老婆,你呢?

终于,我结束了那段漂泊的日子。我可以有很多时间照顾我的小家照顾那个要我疼的人了。我们都感到很高兴。有一天,我们说起了我在外面漂泊的日子,说起了我从外面寄回来的那些无法收到回信的信件,我们都感觉到些伤感和幸福。老婆悄悄转过身,从抽屉里取出了一大摞没有贴邮票,地址是寄往全国各地的信。她说:"其实,每当收到你的信,我都要写一封回信的,可是我没有办法寄给你,于是,我就把我对你的思念和爱寄存在了我自己的心里……"

我突然热泪盈眶,一把将那个娇小的人儿拥在了怀里。

导读： 按照习俗，骑自行车的新郎不能回头，坐自行车的新娘不能说话。如果新娘眼睁睁看着新郎骑车走远，该怎么办呢？

自行车上的爱情

那时候，我们两个人过得非常窘迫。因为家庭条件并不优越，再加上东凑西借刚结了婚，柜子里便剩不下多少钱，一分钱都要当作二分钱花。没有办法，日子还要朝前过，借的钱要及时归还，于是我们便一起外出打工了。在县城租了一间便宜的小房子作为歇身之所，简单安顿下来后我们便开始找工作。恼人的是他在小城的最北边找到了一份送牛奶的工作，而我却在小城的最南边找到了一份保姆工作。每天晚上他都要用那送牛奶的自行车送完牛奶再到小县城的最南边去接我。每天都要这样，风雨无阻。粗略算来，他每天都要骑着那辆破旧的自行车在小县城里跑二百多里路，相当于从县城到我们老家一个来回的路程。每当夜深人静我坐在他的自行车的后座上，他在前面一圈又一圈的蹬着自行车朝家的方向而去的时候，我都感到格外的温暖。哪怕是刮风下雨天，还是飘着大雪的天，他都一如既往地接我回家。看着他短短的发，干净但浸着汗水的脖颈，还有瘦削但很显宽广的后背，我总觉得我的眼睛里有泪水在涌动。他是在驮着自己的心上人啊，他是在驮着艰辛而甜蜜的生活。

有一次，主人家分给了我一把非常好看的糖，在乡下我是从来没有吃过的，估计他肯定也没有吃过。于是他驮着我朝前走的时候,我将糖剥好,探着身子从右边努力朝他的嘴中送。他也努力回过头用嘴巴来接糖。由于车子失去了平衡,三扭两晃一下倒在了地上,我们都摔了个屁股蹲儿。坐在地上看着对方那狼狈的样子,对笑了一阵子,再看那糖,已经躺在了泥土里。于是,我再剥好一块送到了他的口中。他将糖衔住的同时将我的手指也轻轻地咬住了,还拿眼睛调皮地看着我。我却格外夸张地尖叫起来,说疼死我了。为了让他向我道歉,我逼迫着他将我放在自行车的前梁上,还得给我讲一个故事。于是,他一边蹬着自行车一边给我讲了一个故事:"老家有一个习俗,娶新娘时,男方要用自行车去接新娘,路上男方不可以回头,女方不准说话。一个上坡路,男方吃力地朝上爬,女方心疼,自己悄然下了车,而男方没有察觉,一路骑去,回到家一看,新娘子不见了……"

我们就这样苦中取乐,度过了最窘迫的时光。

然而,那段美丽的时光我已经不再拥有了。

他现在已经成了一家房产开发公司的项目经理,出门有了专车,自行车已经成了非常遥远的事情。每天晚上他都要很晚才能回来,甚至有时候根本就不再回家过夜。我非常明白,他是在外面有问题了,因为这非常明显。他离我们已经越来越遥远了。我抱着我们的小女儿哭过不止一次,但我不知道该用什么样的方式来解决这个问题,我不知道该怎样和他交流,怎样将他远走的心劝回我的身边。最终我还是选择了沉默。

我在家里唱歌,我看影碟,我一个人下棋,我一个人打游戏……可是我永远也无法摆脱心中的苦闷。终于有一天,我拨通了情感热线,我向人们讲述了我的故事,讲那段窘迫但充满了快乐的时光,讲那驮在自行车上的爱情,讲我们现在的状况。主持人沉吟了片刻后,她引用了那个故事,她说:"男方骑自行车去接新

娘子,但有个习俗,男方不可以回头,女方不可以说话,在一个上坡路上,女方心疼男方,主动下了车,男方没有察觉,于是他们越走越远。听了你们的故事,我心情格外的沉重,其实,我们的爱情不都是驮在自行车上的吗?你的丈夫越走越远的时候,他却不可以回头,他也回不了头,我们该怎么办呢?我们不可以选择沉默啊,我们要说出来,甚至我们要喊出来……"

我顿时茅塞顿开,是啊,我为什么要沉默呢?爱就要大声说出来!说出来,他就可以听见,我的自行车是可以再回过头来将我驮着回家的,不是吗?

导读： 他和她相遇、相知并相爱，然后不知不觉地钻进了她设计好的一个圈套。

有个女孩叫小雅

午后的蝉鸣细碎在我杂乱的感念里。近些时候，总是恍惚着想些事情。雨已经住了有些时候，天却依然阴着，有点闷热。小雅的电话却打过来了，我的精神振奋了些。我依稀明白，最近的恍惚，大概总与这个甜润的声音有关了。小雅说她在县城发现一样小吃，约我晚上一起尝尝。我很是高兴了，就答应了下来。胡乱做了些细碎的事情，应付完一天的工作，就盼望着我们的约会。可时间的脚步总那么蹒跚，大概距离下班还要有一个小时的样子，我多少急躁起来。

我和小雅的相识，要从我们的那次漂流说起。

那段时间生活得有些沉闷，便一个人到大峡谷散心。巧合的是，我和小雅竟然坐到了一条皮艇上漂流。那天的小雅着一件白色短袖T恤，下身是条细纹的七分马裤，细长的黑色高跟凉鞋，披散着黑发。小姑娘坐到前面后，拿眼望了望我，似乎很严肃，说："你很有福气。"我扑哧一笑，说："是啊。很高兴和你同舟共济。"前面便咯咯地笑。我生活的沉闷就在那清脆笑声里化解开来。她的快乐和顽皮感染了我。我们一起漂流，一起尖叫，一起仰望洞顶的钟乳。泊了船后，我们互相留下了QQ号码。QQ里的聊天，让我们更加亲切起来。我知道了她的职业，她在县城一家广

告公司做文案,平时写点自己喜欢的文字,而这恰恰是我们的共同语言了,把我这个总是沉闷忧伤的人和她这个快乐的人联系在了一起。我们说些写作上的事情,谈点生活里的事情,很投机的样子。我们在此之前曾约见过一次,她说要在东皋公园见面,有东西要送我的。一看,是广东的一张报纸。我说这是什么啊?她调皮地说好好看看呢!仔细一看,好嘛,原来我的一篇小说和她的一篇散文发在了同一个版面上。她兴奋地和我击掌祝贺,说多么不容易啊,于千千万万个当中,没有早一步,也没有晚一步,我们就同时出现在了同一个版面上!

之后的日子里,我常常恍惚着想些事情,一些具体的抽象的意象聚拢来分散去,却无法用文字表达出来,大概这些本不宜成文的,可这些却让我心绪杂乱。我知道,我在渴望着那清脆的笑声了。

时间终于到了下班时间,意气风发地朝约定的地点奔去。

地点有点偏,可倒也热闹,路边几个大排档依次摆开,有烧烤的焦香弥漫,有扎啤的味道诱人。沂城的人们总是精神风貌极好,撇开一天的劳顿,悠闲自得,痛快地休闲,散步,对饮,畅谈。小雅在一个座位上向我招手。今晚的小雅和我认识她的那天穿着一样,那件白色的T恤,细纹的马裤,头发依然披散着,在夜风里楚楚动人了。我说:到底什么小吃?小雅说:保管你一看就喜欢。不大一会儿,大排档的老板娘,一位鹤发童颜的老太太给端上来一碟水煮花生,一碟凉拌竹笋,最后是每人一碗瓜干粥,掺些小米和大豆在里面。我没有想到,小雅竟然会点这样的饭菜来。我闻着瓜干稀饭的清香,突然就那么想落泪了。我和这类饭菜离别已经多年了,多年前我执拗地离开老家,往南往北满世界地跑,浮光掠影地游历诸多城市,本以为梦想可以在漂泊里实现的,却空得了些苦闷。如今猛然间闻到小时候常常要吃的饭菜,生命里有了感动。人内心深处的东西总是那么捉摸不定,包括连自己的内心,有些时候也无法说得清楚。其实我们的内心总是潜藏着一个不被轻易发觉的情结,而于偶然间不经意地触碰,就让你的心感到楚楚的疼痛。我吃得很贪婪,稀里呼噜地,我发现小雅坐在我的对面笑,最后拨了一半稀饭到我碗里,说:慢些吃啊!呵呵,我以为你不会喜欢呢。

  回去后,我心恬静起来,浮躁渐渐远去,便写了几篇好文章。我忽然就明白了我这些年为什么老是浮躁苦闷,我明白了什么是一个人的精神之根。

  两天后,我的QQ上冒出了小雅的头像。小雅说:知道吗?你面试合格了。

  我摸不着了头脑,问:面什么试啊?

  小雅发过来个偷笑的表情,说:那天面试你的就是我妈妈,那个鹤发童颜的老太太。她说现在的年轻人,如果还喜欢吃那类粗饭,那么,他大概能成就些事情。

  我吃了一惊,这个家伙设了圈套让我钻啊!我打过去一个捶击她脑袋的动作表示抗议。

  小雅又窃笑,说:难道你还想象浮萍一样到处漂泊去吗?留下吧,留下和我一起吃我妈妈做的瓜干稀饭。

  接着,小雅又发来一个羞赧表情,头像隐去。

导读：她是一个有想法的妻子。婚后，她对丈夫的态度居然急转直下。

爱情的冻疮

我的手每年冬天都要生冻疮。这让我非常苦恼。我曾经用过许多治疗的方法，用茄子水泡；用辣椒和冬瓜皮熬水烫；甚至涂抹过各种药膏，但都没有治好。认识我的女朋友之后，每年冬天还没有来临，她就已经给我织好了一副毛线手套。她每年都会给我织一副。于是，寒冷来临的时候，我可以戴上这带着浓浓的爱情味道的毛线手套，觉得心里暖乎乎的，尽管我的手上的冻疮似乎并没有因为这个而有所减轻，但我已经感到很知足了。

我的手仍然每年冬天红肿，疼痛，最后化脓溃烂，痛苦无比。我的女友看在眼里，也很痛苦，但实在没有什么好的办法。

去年我们走进了婚姻的殿堂，开始了我们自己甜蜜的小日子。

冬天就要到了，我盼望着已经成为我的妻子的她再给我织一副手套，还小心地给我戴到手上。可是寒风凛冽起来了，并没有见到她给我织的手套。于是，我问她："今年你忘记给我织手套了？"

没有想到她竟然一脸漠然，说："我本来就没有打算给你织手套。"

我感到有些吃惊了："以前你总是给我织手套的，你知道我的手每年都要生冻疮。"

"那是从前。事实上,织手套和不织手套根本就没有区别,你那手还不是每年照旧?我看干脆就不用管它了!"

这叫什么话?!我气得半天说不出话。

我发觉结婚后她改变了很多,根本就没有以前那么柔情细腻;对我也没有了耐心和爱心,动不动就要冲我发火;很多时候强制我洗衣服,刷碗,甚至连做饭也让我做。每次我说我的手有冻疮,不能下冷水的,她就把眼睛瞪得溜圆,还嗤之以鼻:"你到底是不是个男子汉?!简直太娇气了!我希望自己的丈夫是个细心、勇敢的男人,不希望是有点病痛就夸张呻吟的懦夫。你爱干不干!大不了我到朋友那里蹭饭吃去,再不然我回娘家去!"甚至这家伙还把我的娇气跟我丈母娘说了,弄得我好没有面子。

因为这事,我觉得好痛苦。结婚前这样的活儿她总是不让我插手的,怕我的手弄疼了,还给我织手套,想方设法搞偏方治疗,可结婚后怎么就变得这么无情?一个冬天我都闷闷不乐,后悔这么快就和她结婚,应该再考察个三两年的。

开春了,大地复苏,河边的柳树绿了起来。但是,我的心情依然没有变绿。我还是闷闷不乐。

有一天妻子忽然亲自下厨弄了四碟小菜,还开了一瓶啤酒,跟我碰杯,说:"祝贺你!"

我被弄了一头雾水,一个冬天都对我那么寒冷,今天搞什么名堂嘛!

看我没有兴趣,她轻轻抓起我的手,说:"在我的关心下,你手上的冻疮已经完全康复了,这个冬天你刷碗、做饭、洗衣服,不停地干活,自己给自己治好了冻疮!恭喜你!"

我惊讶地发现,是啊,这个冬天我的手竟然没有生冻疮!我

高兴地看了左手又看右手。我和老婆碰杯，感动地说："谢谢你啊，我错怪了你！"

妻子装作委屈的样子，说："知道就好啦，以后要补偿我啊。"

我赶紧说好啊好啊。

我手上的冻疮就这样被妻子给治好了。

后来，妻子还告诉我说，这结婚前的爱，和结婚后的爱啊，在表达方式上是有所不同的。我觉得她说的还有一定的道理呢。

导读:他那么爱她,可她竟然不听他的劝告,只身奔向了一个危险的诱惑。

小木的爱情

小木和叶子算是老乡,他们都来自那个盛产芦苇的小镇。他们两人住在两个相邻的小村庄里。

叶子要小木喊她姐姐,小木笑笑,只是称呼她叶子,因为小木有自己的心眼。

自从与叶子相识后,每个星期小木都要到叶子的发廊去一趟,和叶子老乡说说话,谈谈心。

小木出来闯荡靠的是苇编的手艺。

从老家带来的芦苇只要经过小木那双灵巧的手,就可以变成栩栩如生的小动物,这些新颖别致的芦苇作品受到许多人的喜爱。

粗略算来,小木每月能存300元,和小叶的收入差不多。如果两个人的钱存在一起,每月就是600元。

小木也感到奇怪,为什么要把叶子的钱和自己的钱存在一起呢?想来想去,小木就会把自己弄得脸红心跳。小木已经20岁了,已经开始想心事了。

一次偶然的机会,小木听叶子说喜欢吃糖葫芦,于是,第二天下午小木早早收了摊,买了两串红红的糖葫芦去看叶子。

叶子非常开心,她将一串糖葫芦递给小木:"来,我们一起吃

啊。"

小木接过去,憨憨地笑,咬得脆响,一脸的幸福。

然而,叶子要到广州去,因为一个广州老板要带她过去,他说保证到那边每月能收入数千元。

小木说:"叶子,你别去。"

叶子说:"不,那边的钱好挣,车票我们都已经买好了。"

叶子真的要走了。

火车就要开了,叶子的心情格外激动,她知道她是在奔向一个美丽的梦想,而那个幸福的梦想就在火车的那头。

火车的长笛响起的时候,小木飞也似的冲进了车厢里,气喘吁吁地跑到了叶子面前大声说:"叶子,那边如果不好,你就回来。"

说完递给叶子一个小纸盒,又飞身下车去了。

火车上,叶子打开那小小的纸盒,里面躺着十根红红的糖葫芦。

半年后,叶子回到了这座城市,她一脸憔悴地来到小木居住的小屋门外,久久地立在那里。

终于,她鼓足了勇气去敲房门,但始终没人应。用力一推,门开了,小木不在屋里,但映入叶子眼帘的一切让她大吃一惊,眼泪迅速流了出来——小木的小屋里密密麻麻挂满了用芦苇编的小人儿,每个小人儿的手里都有一串芦苇编的糖葫芦。

风一吹,那些小人儿就晃动了起来,晃得叶子的眼泪又一次奔涌而出……

导读： 一个残疾而贫穷的女孩，在这座城市竟然拥有了一场奔跑的婚礼。

我的爱情在晨跑

我爱这座城市，也爱这座城市里的市民。因为他们总是习惯于在朝阳灿烂的早晨哪怕是在阴雨霏霏的早晨晨练。这是一座年轻的城市。年轻的人们总是早早起床在宽敞的马路上晨跑，晨练的还有老人和孩子。他们随便找一个地方，在两棵树上扯条绳，然后就一边一个人打羽毛球，老人和老人打，或者老人和年轻人打；他们随便找个地方按个篮筐就可以三五个人打篮球；还有太极拳，甚至只是踢踢腿，挥舞两下胳膊。这个城市充满生机和活力。

我无法拒绝这种诱惑。

我也年轻呀，我才刚刚21岁。我也想在金灿灿的朝阳里穿一身红色的运动衣加入晨练的行列里。我已经想了好久。可是我不能，我要一刻都不停歇的做我的活，我只能靠我的劳动，靠出售那一元钱一个的中式汉堡包来维持我的生活。我的梦想无法飞舞。自从父亲和母亲都离开了我，有好多事情我只能是去想一想而已，我的梦想只能可怜巴巴地坐在那架冰冷的轮椅上。我的梦想无法飞翔，我也无法晨跑。可是，我年轻的少女的心无法拒绝这种诱惑。

那个人每天都要从我的身边跑过，我看见他年轻的身体很

有弹性的从我的面前跑过去，在那三棵柳树旁转一个弯就看不见了，再过15分钟，有时候要16分钟他就又跑回来了，每当跑回我的小摊前，总是要停下来，买上三个汉堡包，然后再要一包5毛钱的豆汁。每天都是这样。

有一天我问那个人："晨跑的感觉很好吧？"

一说起晨跑，那个人格外的兴奋了，他滔滔不绝地说了许多晨跑的好处，既可以锻炼身体，又可以在清新的空气和灿烂的朝阳里浏览两岸的风景。晨跑真的很好。这座城市的人都喜欢晨跑。当他意识到我的身子底下是轮椅时，他突然就不说了，提着他买的汉堡包还有豆汁朝回走去了，走了不远，他忽然回过头来，说："嗨！你觉得晨跑的感觉很好吗？"

我使劲点了点头。

他大声说："那么，明天你提前做好99个汉堡包。"

我不知道他是什么意思，但我还是照做了，我连夜做了99个中式汉堡包。

第二天一早，我将我的小摊摆出来的时候，正想抬眼看远处那三个一招一式跟老年人学太极拳的小孩子的笨拙可爱时，忽然觉得有人在推动我的轮椅，我吃了一惊，赶紧回头，原来是那个人，一张微笑的脸。

我说："你要干什么？"

那个人果断地说："带你去晨跑！"

天啊！我真的在晨跑！我这个在轮椅上坐了十多年的女孩真的在晨跑！

耳边有温柔的晨风抚过，我的发丝在晨风里飘舞了，我少女的心在这新奇里兴奋了，我看见两旁的柳树还有法国大梧桐树在向我致敬哩！

我的轮椅在马路上飞驰了！我的梦想开始飞驰了！晨跑,我渴慕了好久好久的一个梦啊,你怎么就这么突如其来地让我实现了呢？我听见周围有好多人在欢呼了,他们在鼓掌了。我听见有人说穿上身红色的运动衣就更好了。我突然觉得好感动,在这座年轻的城市里,我的轮椅在晨跑了,我的梦想在晨跑了！我想欢呼啊,于是我就大声地欢呼,喊我自己的名字,喊着喊着,我的眼泪就流了出来。

当跑出了老远,然后再回来,从那三棵柳树旁转过来,再一次看见远处我的汉堡包小摊时,我的梦想又回到了现实里,我要卖我的汉堡包啊,我要生活。刚才的兴奋已经一扫而光。

回到我的小摊前,我赶紧打开我的小箱子,我吃惊地发现,我的99个汉堡包竟然只剩下了三个,而旁边我的小钱箱里放着一块两块,还有五块的钱,我正纳闷的时候,那个人笑着将那三个汉堡包拿到了手里,说:"这最后的三个是我的了。"

我迷惑不解,问:"这是怎么回事？"

那个人微笑着说:"我们小区里只有97个人,他们以后每天早晨都买一个你的汉堡包,我吃的多啊,我每次总是买三个。当然了,这说明你做的汉堡包我最爱吃。以后你每天早上做99个汉堡包就放在这里,他们会自动来取,并且自己找钱,而我就带你去晨跑啊,你说过的你觉得晨跑的感觉很好……"

我早已经热泪盈眶,泪水就那么汹涌地从眼眶里朝外奔涌,我敬爱的亲人啊,我好想大声地喊一声我爱你们……

那个人最终决定了要一直推我晨跑,一直跑到我们的头发都变白,一直推到他再也推不动。

那个人是个与大学失之交臂的人,高考那年他以2分之差没有考上大学。然而,他并没有放弃人生的追求,他自己努力拼搏,从一名运输工人,到一名打字员,再到了部门经理,他说以后他还会创业,他说他还能干出一番自己的事业。我满怀激情地说:"你会的,你一定会的!"

真的,我从我的心底觉得,他会成功的,永远在晨跑的人生一定会成功的。

我们举行婚礼的那一天,我们没有像别人那样铺张,我说:"就像平常一样,你再推着我去晨跑吧。"

我们在举行婚礼的那一天和往常一样,我做好了99个汉堡包,然后他就推着我去晨跑,温柔的风从我的耳边抚过,我的发丝在飘舞,我的梦想在飞驰。人们为我们鼓掌了,人们为我们欢呼,他们说你看你看新娘和新郎真漂亮。那一天我穿着一身红色的运动衣。

当转过那三棵柳树我们朝回跑的时候,行至我的小摊旁,我打开我的箱子,里面和往常一样剩了三个汉堡包。钱箱里满满的盛满了贺卡,还有鲜花,连箱子的外面全是。那些鲜花真的好漂亮好漂亮,就像人生中一朵一朵美丽而永恒的微笑。

那个人取出那最后的三个汉堡包,说:"以后啊,这三个汉堡包呢,你吃一个,我也吃一个。"

我问:"那第三个谁吃呢?"

那个人笑了,他的笑在灿烂的朝阳里,他显得是那么健康,那么充满了活力,他说:"那第三个谁吃,你说呢?"

导读：他惊讶地发现，她背着他所做的那一切，就像街角的法桐一样默默无语，熟视无睹。

爱是街角的法桐

他和她结婚，是因为她的温柔。

她很普通。没有摄人心魄的美艳，但也不丑。她没有突出的才情，但很温柔。

他很优秀。事业上步步高升，如今做了公司的项目经理。于是，他去过很多的地方，结识了很多的女人。

很多时候，他回来，会兴味盎然地谈起他所认识的女人。尤其是那些美丽的女人。

有一次，他说，他认识了一位年轻的女客户。她长得很漂亮。她微微上翘的嘴角，真迷人。尤其是她笑起来的时候。

这么说的时候，他轻轻地抚摸着她的并不上翘的嘴角。

她微笑。她只是微笑。她知道，他是爱她的，他只是那么随便说一说，并没有别的什么意思，也不是给她发送什么另有用意的信号。

实际上，他真的是这样。他只是那么随便说说，并无他意。

有一次，他回来时，又说起一个新的女孩。他说，她真年轻，她穿一条碎花的长裙，在春风里飘舞，她修长的双腿，亭亭玉立。这么说的时候，他的眼睛下意识地在她并不修长的腿上看了两眼。

她知道,他并没有别的意思。他并不嫌弃她并不修长的腿。他只是说说而已。她知道,他是爱她的,并不是别有用意。

实际上,他真的是这样。他只是那么随便说说,并无他意。

还有一次,他回来的时候,又说起一个女人。他说,她的热情奔放,真让人心血澎湃,她的亲和力让人无法抗拒。她可以大胆而奔放地对人说:亲爱的。那一声"亲爱的",不轻佻,不做作,不暧昧,可是,一下子就拉近了与人的距离。

她微笑。她什么也没有说。她知道,他只是那么随便说说,他是爱她的。

实际上,他真的是这样。他只是那么随便说说,并无他意。

日子就这样一天天地过去。

他和她结婚,已经三年了。他记不清自己跟她提说过多少外面的美丽女人。因为,他根本就是说了就忘,因为他并无他意。

那是一个他要加班的周末。天要下雨了,公司取消了加班,他驱车赶回了家。

他自己开门进屋时,没有发现她。他刚要喊她,忽然听见卧室里有动静。于是,他就悄悄来到了卧室的门前。

卧室的门没有关严,他听见一个声音,说:亲爱的。亲爱的。亲爱的。

他听得出,那是她的声音。她在一遍又一遍地练习说"亲爱的"。

他推开卧室的门,只见她穿着一条碎花长裙。她从来不穿长裙的,因为她的腿并不修长,可此时,她的一双高跟凉鞋,让她的身材高挑了许多。她在一次次地练习说"亲爱的"。

她显然是很投入,她没有发觉他已经回来了。

他咳嗽了一声。

她大吃一惊,猛然回过头来。

他看见,她的嘴角用口红画得微微上翘。

那一刻,他猛然觉得有种心疼的感觉。他什么也没有说,而是立即跑过去,将她狠狠地拥在自己的怀里。

有时候,爱,不一定要说出来,因为它会习惯于在默默无语里。

有时候,爱,不一定要告诉你,因为它会生活在爱你的人的内心里。

有人感叹,在如今的这个时代,我们无法寻找到爱情的遗址。可是,你错了,有时候,回过身来一看,哦,原来,爱就在这里。如一棵无语的法桐,在你每天都要经过的街角,默默地注视着你去,默默地注视着你来。

导读：有一种爱浓烈得化为无形，氤氲在长达半个世纪的等待。

爱逝了无痕

她安静地坐在临窗的桌前，等着他。他还没有来。他没有说什么时候来，也没有说到底来还是不来。可是，她觉得，他会来。有时候，她觉得，她不敢眨动眼睛，也许就在下一秒，他就会来了，而自己眨眼睛的时候，他恰好走来，而自己错过了他。那该是无法饶恕的罪恶。

她便把自己的睫毛弄得长长的。她挑选的假睫毛，都是加长的。这样一来，她眨眼睛的时候，那长长的假睫毛就会立即提醒她，不要眨眼睛。这时候，已经是黄昏时候了。窗外的夕阳，涂抹着一层浓厚的感伤，在那临窗的桌面上，在她的安静的脸庞上。桌面上的咖啡，已经没有了丝丝缕缕的热气。那早已经是一杯凉咖啡了。可是，她偶尔会用她修长的手指，捏着那一柄在夕阳里泛着金光的小勺，轻轻地，轻轻地搅动，生怕那小勺不小心触碰到了咖啡杯的壁，惊扰了即将赶来的他而让他转身就走。

窗外的街上，新落过了一场不大不小的秋雨。雨已经住了。云也散去。独有夕阳在。那是一段碎石子铺就的街。并不喧闹，总有为数不多的几个行人，稀稀疏疏地走过，各种各样的鞋子踩过那清亮的石子街，没有任何的痕迹。这一如那段如今了无痕迹的爱恋。是那么短促，而又刻骨铭心。她不敢确定，那段爱恋，会不会真的像是石子街上旅人的足迹，在抬脚的刹那间就已经注定了逝去，了无痕迹，从此再也无处可寻。她想到这里的时候，心口就有了微微地起伏。她便加快了搅动咖啡的速率。终于，那小勺子还是触碰到了那冷咖啡的杯壁，发出清脆而又沉实的一声响来。这一声微微的响动，惊扰了她小小的心。她吃了一惊，轻轻放下小勺，迅速将那细长的手移到别处去，张着惊恐的眼睛，望一望那小勺和咖啡。紧接着，她又迅速抬起眼睛来，急切地望向窗外清亮的石子街，看那稀疏的行人中，是否有了他的身影。

然而，然而还是没有的。

他还是没有来。他没说什么时候来，也没有说到底来还是不来。

也许，他就在刚才是来了的，就夹杂在雨后那稀稀疏疏的行人中，即将走到窗前来，向自己浅浅地一笑，挥一挥手，说："嗨！"可是，仔细寻找的时候，确乎是没有的。哦！都怪这小勺不小心的触碰吧。那一声草率的清脆而沉实的触碰，真的是惊扰了那爱恋的人。她就开始恨起了自己，怎么就那么不小心？要知道，那份爱恋，是薄如蝉翼，轻轻一碰，就会碎掉。这一如他，这轻微的响动，就会惊扰了他的。惊扰了他，他便不会再来。这是多么大的无可饶恕的罪过！她有些委屈了。都怨自己，怎么就那么没有耐心呢？也许，也许他在刚才的一瞬间，并没有来，但愿那都是自己的胡思乱想吧。那样就好了。他没有来，正说明了他正在来。他就会来的。也许，就在下一秒钟，忽然就出现在窗外，浅浅地一笑，挥一挥手，说："嗨！"他的身后，是那万丈夕阳，涂抹在他的身上。那是旷世的一种壮美啊。

于是，又等。

安静地，坐在临窗的桌前，她在等着他来。她小心翼翼地，不敢眨动眼睛，也不敢轻易用细长的手指捏着那柄小勺搅动咖啡。

而那一杯咖啡,确乎是已经凉了……

在时隔五十年后的一个黄昏,大病初愈的她,忽然决计要漂洋过海回到曾经的这座城市,再来这家咖啡馆,坐一坐。

咖啡馆还在。石子街也在。

还是那个靠窗的桌。头发斑白的儿子将她的轮椅安置在了靠窗的那张桌前,垂首立在一边。

她说:"去吧。"

她便独自安静地坐在那里。上了一杯咖啡。那小勺,在夕阳的光辉里,泛着金光。

她不再细长的手指皱满了岁月的侵蚀。她轻轻捏住那柄小勺,小心翼翼地搅动。在那氤氲的雾气里,她是那么安静而祥和。

轻轻抬起浑浊的眼睛,望向窗外。窗外的石子街,似乎也是刚刚落过了一场雨。稀稀疏疏的行人,不急不缓地走过。清亮的石子街上,依然没有旅人的痕迹。这一如往昔的爱恋,早已注定了在抬脚的瞬间,就了无痕迹。

雨已住。云已散。

隔窗空对一轮硕大的夕阳,相视无语。

导读：他带她来到这座小城那天听到的一声蝉鸣，多年后成为决定他们婚姻决裂与否的关键。

都市蝉鸣

老钱来这座城市的时候，还是小钱。那时小钱血气方刚，像一匹小老虎，无所畏惧。他扯着玉秀的胳膊，头也不回，把一直不同意他们的老丈人和丈母娘们丢在乡下小村，几个虎跃龙腾，就杀往这个小城。

小钱和玉秀租陋室，吃素食，狠下心来要在城里扎下根。那时，是在一棵老槐树下，小钱说，哼，你看咱村里那玉米，那根和这老槐树一样，钢爪子一般抓着土地，我就不信我小钱让你在这里扎不下个根！玉秀依偎到怀里，说：小钱哥，我信！那时玉秀两眼泪花，定定地望着老槐树稳抓大地的虬龙粗根。

一晃，小钱就成了老钱。四十八岁的老钱已不再是当初的小钱了。老钱兜里有钱了。银行里也有。借出去的也有。花在外面女人身上的也有。总之，老钱把男人能做到的事都做到了。如今的老钱，依然如同一匹猛虎，闪展腾挪，吼一声震彻山谷。年龄小他一半的露露扯着老钱的胳膊，头也不回，要把与他共患难的妻子玉秀丢在家里，几个虎跃龙腾，杀出这个小城。

老钱出城的劲头被露露鼓足了，大风鼓帆，意欲乘风破浪去。玉秀已不是当初的玉秀了，玉尚在，却已不秀，四十八岁的女人，早早败了仪容，丢了风韵。玉秀心知肚明。玉秀知道，老钱

决定的事,谁也拉不回来了。玉秀没有闹。玉秀说,我答应你。

老钱大吃一惊。老钱完全没有想到会是这样的答复。老钱说,那,你说吧,你的条件。玉秀摇头。玉秀说我没有条件。不过,我想让你陪我逛回街吧。这点事,你总该不会拒绝。老钱说,好。

这次逛街,玉秀像是个没事人,一脸平静。玉秀说:小钱哥,你拉着我的手。你前面,我后面。

老钱迟疑。玉秀递上老手,说,拉着我的手。像当年。当年是你拉着我的手进城的。你前面,我后面。

于是,老钱拉上了玉秀的手。玉秀说,朝前走吧。你带着我,再逛一次街。

老钱扯着玉秀的手,迟迟疑疑地朝前走。玉秀说朝右拐吧。老钱就朝右拐。玉秀说再左拐。老钱就又朝左拐。玉秀说就这里吧。老钱就住了步。

玉秀说,就是这里了。

老钱说,什么?

玉秀说,就是这里了。不过,那棵老槐树,没有了。当年那棵老槐树,树根像钢爪子,像咱村山坡上的玉米根,狠狠抓着地。小钱哥,你记得吗?咱们在这里的老槐树下海誓山盟的时候,有一只蝉,就在树梢上,一个劲儿地叫。记得吗?

老钱说,好像是。

玉秀说,当时我怀疑,那只蝉是从乡下一路跟着我们来的。当时听了,我好想哭。如今,树没了。根也没了。这怨不得谁。小钱哥,我不怪你。谢谢你扯着我的手逛街,逛回我的起点。好了,我衷心祝你们幸福。

说完,玉秀头也不回地走了。

老钱望着玉秀朝右拐,又朝左拐,消失在人群里。老钱忽然

听见头顶响起一阵蝉鸣。老钱抬头去找,却并不见树,也不见蝉,但那蝉鸣,嘹亮,空灵,揪心,久久不绝。

导读：她优秀到目空一切，却被他拇指上的内容彻底征服。

拇指上的爱

我的表姐长得很漂亮，研究生毕业，工作在外企，可以说是要什么有什么。在我们的心目中，她找男朋友，一定是有资格挑挑拣拣的，一般的男生绝对入不了她的法眼。

可是让我们大跌眼镜的是，一朵鲜花没插进洋花瓶，竟然插在了泥地上——她嫁给了一个怎么四舍五入也不可能高于80分的普通男。唉！我们都或多或少替她惋惜。

没想到，表姐竟然乐滋滋的，看起来十分幸福，跟捡了个大便宜一样。

有一天我实在憋不住，就问她到底怎么想的。

表姐实不相瞒，告诉了她的恋爱真经。

原来，追求表姐的高帅富比比皆是，高智商的表姐通过一个个小测验，将他们纷纷淘汰了。在表姐看来，高帅富其实并不是什么优势。她要找的是朴实无华的真爱，而不是泛着虚幻光芒的孔方兄。她要追求的是看得见摸得着的爱情，而不是花言巧语挂在嘴上的泡沫。

我不解地追问："那，现在的表姐夫，到底好在哪儿？"

表姐很陶醉地如数家珍："他呀，所有的爱，都写在右手拇指上呢。"

我更是一头雾水，朝前凑了凑追问个不停。

表姐向我详细解释。原来，我那个表姐夫啊，有个标志性的动作，就是爱给表姐竖大拇指。每当表姐换了件新衣服，或者换了个新发型，表姐夫嘴上从来不说好，而是很自然地竖一竖大拇指。每当表姐遇到什么困难、纠结和过不去的坎儿，表姐夫也不会说些空洞的鼓励话，而是不失时机地朝她竖起大拇指。只要他的大拇指一竖，表姐就会觉得自信、温暖还有亲切。那恰如其分的动作，胜过甜言蜜语，赛过海誓山盟。

　　我说："啊？就这些啊？竖个大拇指就把表姐你给俘获啦？这也太简单了吧。"

　　表姐笑了，说："我还没有说完呢。也许你永远不知道，他右手大拇指的指甲，永远留得比别的要长一些。"

　　我更是越听越迷糊了，问道："为什么呀？"

　　表姐说："那是在做饭的时候，用来择菜的。你知道一个大老爷们儿，下班后无论多么累，都能主动挽起袖子帮你择菜，甚至亲自为你做菜，那是一种怎样的温暖吗？他正是用一个大拇指就俘获了我的心。你说，这样的暖男，难道不值得我去爱去珍惜吗？"

　　表姐的话，竟然让我的眼睛有些湿润起来。

　　是啊，这是多么朴素，多么简单，又多么温暖的爱啊。一个把爱、温暖、真心都踏踏实实写在拇指上的男人，真的值得去爱，值得去珍惜啊。

第五辑 大爱无言

大音希声，大爱无言。人间有大爱，不管壮阔如巨峰，还是细微如草芥，却总能于相视无语中感天动地，给我们仗剑走天涯的勇敢和牵手伴终生的温情。

导读：有时候，你犹犹豫豫地决定不再去爱那个人，往往是因为你还没有发现和懂得她的爱。

分手好吗

其实，我这次到 Y 城来看望咪咪，是为了和她正式提出分手。

虽然我们相识相爱已经很久了，可是她跑到 Y 城这所智障学校支教的决定，让我很是为难。这可真是不可理喻。权衡再三，我作出了这个艰难的决定。

咪咪大概并不知道我此行的目的。她的微笑永远是那么迷人，并且毫无戒备。说实在的，我真的有些不忍心。

咪咪带领我参观校园，参观班级，参观宿舍和食堂。我都耐心地跟着她一一走过，一一看过。后来，咪咪看了看我的车，说："你的相机带了没有？"

我说："机不离身。"

咪咪又笑，说："这才是我心目中像样的摄影家。给我们班全体同学拍张照吧。"

我说："好。"

十几个智障孩子，在咪咪的努力下，好不容易在外面按照高矮顺序站好了，咪咪一脸灿烂地在孩子们的身后站了下来。

我摆好架势，调好焦距，准备摁快门拍照了，可这时候，中间一个高个子男孩儿忽然走出了队伍，慢慢地朝队伍的最东头走去,并且站在了最边上。原来最边上的学生比他足足矮了一头。也就是说高个儿男孩儿把队伍一下给搞得参差不齐了。

我放下相机,说:"喂,那位同学,回到原来的位置去。"

高个儿男生只在嘴里发出哦哦的声响,但是并不听从我的指挥。我过去,拉住他的手,硬把他拉回了原来的位置。

当我再次准备拍照的时候,那个高个儿男生又走出队伍,慢慢走到最东头站了下来。

我有些不耐烦了。我知道这些智障孩子不好管理,于是我加大了手上的力度,也加重了口中的语气。我几乎是硬拖着把这个不听话的孩子拉回到队伍中间的。

这时,我似乎听见这个和我几乎一样高的孩子嘴里发出了一声奇怪的哭音。我抬头看他的脸,他稚嫩的脸开始扭曲,那分明是要哭泣的表情。

咪咪赶紧拉开了我,并且紧紧握住了那个孩子的手。那个孩子脸上哭泣的表情更加明显了,身子有些颤动地低声哭泣起来。

我看见咪咪将他轻轻拥进怀里,轻声地安慰着,并且将他领出队伍,让他在队伍的最东头站了下来。

咪咪对我说:"就这样照好了。这个孩子,永远选择站在最东头的位置。"

我低声嗤笑了一声,说:"真不能理解这些……"

咪咪的表情严肃起来,看着我的眼睛,说:"他十五岁了。他跟我说过,在这个校园里,他在最东边的位置,距离他的妈妈最近。他只记得他的妈妈是朝东边的方向走的……"

我愣住了。我半天没有说出话来。后来我发现,我的泪眼中这一群高矮不等,模样奇怪的孩子,纷纷模糊了,又清晰了。

拍完照,咪咪把这些孩子小心地带回班级后,说:"能答应我

一个要求吗？"

我说："你说。"

咪咪把手伸到我面前，说："车钥匙给我。我开车，带你转转。"

我没有想到，咪咪这次开车竟然是那么疯狂，她围着Y城一口气转了三圈。我一次次提醒她慢一点，她都不理会。直到第四圈时，她嘎的一声把车停在了河边。

咪咪闭着眼睛，安静了一会儿，忽然幽幽地说："我知道你要对我说什么。"

我低头不语。

咪咪说："你说吧。"

我依然不说话。

咪咪笑了。惨淡地笑。咪咪望着车窗外面那条宽大的河，说："我十岁的那一年，我妈妈就是在这里和我们走丢的。从那以后，我们再也没有找到她。我妈妈，是个智障女人。"

我大惊。我抬起头望着咪咪，张了张口，却没有说出话来。

咪咪说："我选择在Y城。我觉得，在这里距离她最近。"

我握住了咪咪的手，真的不知道说些什么才好。

咪咪说："我替你说好了。分手吧，好吗？"

我一把拉过咪咪，紧紧拥抱着她，大声说："不好！"

导读：这个养花的女人，有花般的柔情。她拯救了自己的丈夫，也拯救了我。

养花的女人

我跟妻子又吵了一架。一气之下，我就跑到表弟家小住几日。

表弟家所在的镇上，有一个远近闻名的大集。在集市入口处，我们碰到了一个养花的女人。表弟说，那个女人三十多岁，但看起来有四十开外。她的膝前摆放了大盆小盆的各式花草。那花草虽不名贵，但看起来都经过精心打理，很养眼，很舒心。

表弟说："多买她几盆花吧。每次我都会买一盆两盆。唉。挺可怜的。"

我不解地问："看起来她很平静，没有苦大仇深的样子啊。她怎么了？"

表弟便给我讲起了这个女人的故事。

这个女人嫁了一个本镇的男人，结婚好几年了一直怀不上孩子。那个男人脾气越来越坏，爱喝酒，每次喝醉了，就打她骂她。打得最厉害的一次是两年前，女人昏迷了两天两夜。

醒来后，人们都以为她会和丈夫离婚，离开这个苦难的家。但是，让人想不到的是，她很平静，并且爱上了养花弄草。她一有空就侍弄她的花草。

后来，她就到集市上来出售。集市上卖花的人有好几个，但

是,只有她的花草打理得精致。所以,人们都爱买她的花。

我迫不及待地问表弟:"那后来呢?"

表弟说:"后来,她家里到处都是花。"

我打断他说:"我是说她和她丈夫。"

表弟回答:"后来她丈夫再打他骂她,她都不还手不还嘴,她只精心伺候她的花和草。她丈夫后来举起手要打的时候,看着安静地浇花的她,竟然慢慢放下了手。她丈夫不再打她了,酒也喝得少了。"

我很吃惊,这是一种什么力量?!那一定是花的力量。在暴力面前,在纷争面前,能够安之若素,平静如水地养花弄草,这是一种比暴力还有能量的力量,它能融化冰雪,消减怒火。

我望着那个养花的女人,静静地想了很多。她平静的脸,安静的眼神,给了我一种力量。

我买了她两盆富贵竹。

带着那两盆精致的富贵竹,我跟表弟直接告别,乘车回了家。

从此,我也爱上了养花,工作之余,除了读读书,看看报,就是养花弄草。慢慢地,我跟妻子之间的争吵少了,关系更加亲密了。

有时候,望着那两盆富贵竹,我就会想起那个养花的女人。有一次,我打电话给表弟,打听起那个女人的近况。

表弟说:"她已经很久不到集上去卖花了。"

我很吃惊,心中有种莫名的担忧,忙问:"发生什么事了?"

表弟说:"她怀孕了,她丈夫不让她出来卖花了,而是把她像花一样养在了家里。"

听到这个消息,我望着那两盆富贵竹,心中慢慢升腾起一份欣慰与幸福。

导读: 我爸是一个十足的胆小鬼,却给了我最勇敢的心。

我爸是个胆小鬼

我爸真是不让我省心!我才十五岁,可他五十多了。我爸中年得子,喜不自禁。可随着慢慢长大,我发现,我爸是个胆小鬼。他可真是不让我省心!

我十岁那年,开始上小学了。我爸每天早晨骑着自行车载我去上学。中午载我回家,吃过午饭再载我回学校。下午又在学校门口等我。

他总是把我放在自行车横梁上。我总是催促他快点再快点。我喜欢从田野里刮来的野风,从我的额头和腮边掠过。我听见呼呼的风声,也听得见我爸呼呼的喘息声。我总是催他,快点快点,再快点。可是我老爸很胆小,他把自行车骑到的最快速度,也没有我希望的那么快。

更不让人省心的,是在学校门口。学校建在一个斜坡上。要进校门,必须爬十几级石阶。我清楚地记得,十岁那年,我第一天上学那天,阳光很好,我的红领巾很红。到了台阶前,我爸不走了。我拽他的手,说,走啊。我爸说,我不敢上,我怕高。

我有些生气。多高的台阶啊,你那么大个人,竟然怕这几个台阶。我生气地说,好吧,我扶你上去。于是,我搀扶着他的胳膊,我们一起爬起了台阶。总共十二级。我虽然是第一天上学,可我数得过来。我发现我爸的手有些发抖。看来,他是真的怕高。终

于,我们爬上台阶了。我顺利地报了到。按说,我爸该走了,可他在门口磨磨蹭蹭不肯走。我说,怎么了?他羞怯地说,那台阶,我不敢下。

唉!我真拿他没办法!五十多的人了,十二级台阶竟然不敢下!那好吧,我说,我扶你下去。我搀扶着老爸的手,一级一级,下了台阶。他憨憨地笑给我看。骑上自行车,飞驰而去。我发现那速度,绝对超过载着我时的速度,至少快一倍!

我摇摇头,转身,一级一级上来,走进教室。

我爸是个胆小鬼。这还不算,他还很傻。每次送我,到了台阶下,按说他就可以走了,可他每次都要上台阶。我说你不用上。他说他要上,他要看看学校大门。唉,那好吧。我搀扶着他,一个台阶一个台阶地上,十二级台阶上完了,他看到学校大门了。他该回家了。可我又怕他不敢下台阶,便再搀扶着他,一个台阶一个台阶送下来,目送他骑上自行车,对我憨憨一笑,风驰电掣而去。我返回身,又一个台阶一个台阶地上来,走进教室里去。

五年了,每次送我上学,都是这样。每次接我放学,也是这样。唉。我爸可真不让我省心。我爸是个胆小鬼,还很傻。

五年了。我要小学毕业了。毕业之前最后一次运动会,我爸给我报了名。项目是折返跑。学校没有长跑道,折返跑的跑道是从小操场的短跑道跑出来,下到那十二级台阶下,再折返跑回去。我爸给我报名的时候,我听见老师惊讶地小声问他:他的腿,行不行?我爸一脸严肃,说了一个字:行!

枪声响了!

同学们箭一般射向大门口。我也尽最大努力朝大门口跑去。我看到我爸,那个胆小鬼,竟然站在台阶边上。同学们跑到台阶最底层的时候,我才赶到最上面一层。我爸冲我挥了挥手,说:加油!

我开始下台阶了。我爸倒退着下台阶,在领先我一点的位置,目不转睛地盯着我,我下一个台阶,他倒退一个台阶。我喘息着说,爸,你小心啊,你不是怕高吗?我爸不理会,我爸只说:儿子,加油!

我终于下到最后一个台阶了,而我的竞争对手们已经从最底层折返回最高层了。终于,我跑到台阶最底层了,我要立即折返,一级一级跑上去,总共十二级。这时,我爸又开始倒着爬台阶了,依然在提前我一级的位置。我爸说:儿子,加油!

爬到第八级的时候,我一个趔趄,跌倒在台阶上。我看见我爸大惊失色,他冲过来要扶我起来,但是在手触到我的一刹那,又缩回去了。我爸冲着我大喊:起来!加油!

最高层那里,站满了同学和老师。他们冲着我大喊:加油!加油!

我自己挣扎着站了起来。我咬着牙继续攀登。我终于爬上了最高一级。同学们和老师们忽然爆发出热烈的掌声。那掌声经久不息。

我最后一个冲过终点,却得到了最大的光荣。我回头去看我爸,我发现我爸跌坐在台阶那里,老泪纵横。

你可真是不让我省心!你个胆小鬼!老爸——

导读：有一种东西极具传染性，沾染成疾。可人们总渴望她能满世界传播。

这个春天你的美

  我们大概已经有一年没有见面了。是吗？我记得，上次和你见面的时候，应该是去年的春天。那时候的你，围着一条粉红色的丝巾。你的样子看上去是那么青春而灵动。我无法忘记你对我的那一抹微微的笑。当时，我的心里是那么激动。我由衷地赞叹了你一句："真美。"真美啊。我家乡那条河的水一样清澈，我老家茅屋上面傍晚的炊烟一样纯洁。我就那么由衷地对你赞叹了一句，你才对我那么微微地一笑。你知道吗？就是你的那一抹微微的笑，让我魂牵梦绕地思念了整整一轮春夏秋冬。

  那时候，你是一个高中三年级的女生。当时，我说："我可以给你拍一张照片吗？不要动，就这么微微地笑着，站在那里。"你知道吗？你那么微微笑着站在那里，你的身后是深蓝的天空和洁白的云朵，远处是一座在萌动着春的韵律的青山，山下的那条河，多么像是我家乡的那条河啊，它倒映着青山白云还有蓝天。而你，就在那样的痛彻我的心扉的大自然的背景中，亭亭玉立着，你那微微的笑，让我直想流泪。我说："可以吗？就这样。"

  你亭亭玉立，微微笑着，脸微微红了一下。而我的快门，就那个瞬间已经捕捉到了你的美丽。

  我又来了。

在之后的又一个春天。

同样的一个春天,同样的你,你依然围着那一条粉红色的丝巾。

你说过,春天的时候,你总喜欢围着粉红色的丝巾,站在风里,看那小河里倒映着白云蓝天,感悟心际变幻着瞬间的微妙。你的样子,看上去还是那么青春而灵动,还有那抹微微的笑。你知道吗?我的眼泪喷薄而出,在我看见你的丝巾飘摇在风里,看着你那一抹微微的笑,亭亭玉立在那架轮椅上。

我当然知道,你只是回身拉了一把跌倒在地的同桌,她跨出门外的瞬间,你的腿却被倒下的冰冷的墙砸中。你就那么选择了用另一种方式在轮椅上亭亭玉立,你就那么选择了让那一抹微微的笑依然挂在你的脸庞。

你的身后,还是那蔚蓝的天空,洁白的云朵,那青山以更加饱满的激情,孕育着一个最美的春天,而那一切都倒映在清澈的河水里,那河水清澈如你的眼睛。

"我可以,再给你拍一张照片吗?不要动,就这么微微地笑着,站在那里。"

你亭亭玉立,微微笑着,脸微微红了一下。而我的快门,就那个瞬间已经捕捉到了你的美丽。

半个月后,我收到了委托朋友从河北唐山邮到四川汶川来的包裹。

那里面装着的,是我所有的东西。

导读：她给我撑起的那把破烂不堪的伞，竟成为我生命中最美的风景。

最美丽的伞

海又一次来到了东方红广场，他想他应该找到她。

今天的天气已经非常晴朗，明媚的阳光照耀着整个东方红广场还有整个充满了生机的城市，广场上的游人都是那么有神采，他们似乎都有着诉说不完的高兴事。

这时候海觉得用真心的微笑来迎接每天的阳光是一件非常幸福的事情，但那个小女孩还在吗？

他想他可以再一次碰到那个衣着破烂的小女孩，因为那个小女孩让他一夜都无法安然入睡。那个小乞女清澈见底的眼睛总是在他的脑海里闪现，还有那把被他粗鲁的打落的雨伞，他觉得他打落的不仅是一把雨伞，还有一份格外珍贵的爱心。海的心里觉得有些对不起那个小女孩，这种愧疚感越来越强烈。

昨天，是一个阴雨霏霏的天，海独自一个人走在东方红广场上，任凭着雨水淋湿自己的头发，淋湿自己的心情。海失恋了。失恋的痛苦让海情愿淋在冰凉的雨里。他的面前是那么暗淡那么没有生气，天是昏暗的，地是凄凉惨淡的，路上的行人是那么的稀少。海觉得自己的世界已经到了末日，这个世界对他来说已经没有什么可以留恋的了。

这时候，一个穿着非常破烂的小女孩站到了他的面前，一块非常破烂的雨披披在她那娇小瘦弱的身体上，雨水已经打湿了她的头发，顺着一缕缕头发朝下一滴一滴的滴落，她的充满了期盼或者说是怜悯的、清澈见底的目光让海的情绪有了一些镇定，但他还是没有从失恋的痛苦中解脱出来。他没有好气地说："你要干什么？"

小女孩充满了稚气地说："叔叔，下雨呢。"

"我知道下雨呢！"

"那你为什么不带伞呢，你也可以找一个地方避避雨再走啊。"

"关你什么事！我愿意淋雨我愿意，你管得着吗？滚开！"

小姑娘吓得倒退了好几步，海茫然而又决绝地走了过去。

雨水在广场的树木和花草上留下了一串串珍珠，但在海看来是一滴一滴的眼泪。

海继续朝前茫然地走过去，走过去，他的脑海中是一片空白。

这时候有一个清脆的声音从身后传来："叔叔，叔叔，您等一等，给您伞……"

海回过头去看见刚才的那个小乞丐抱了一把脏兮兮的雨伞朝自己追了过来，并且还将伞撑了开来举到了海的面前。

海看了看那把伞，伞骨已经有些散乱并且已经折断了好几根，而且还漏着天，是一把被扔在垃圾桶里的伞，海一下就气坏了，要知道他是一家大公司的中层管理人员，月收入好几千元，那个小女孩竟然让他用这样的一把扔在垃圾桶里的破伞?！

海没好气地吼道："管什么闲事？滚！"他一下将那把雨伞打落在地，狠狠地瞪了那个小乞女一眼，然后扬长而去。

海回到家后喝了一下午的酒，他喝得醉醺醺的，倒在床上迷

迷糊糊的睡去了。但在他的脑海里竟然不间断的闪现那个小女孩的眼睛,那一双纯洁的,清澈见底的眼睛,还有那一把在风雨中张开的雨伞。

海一次一次的辗转反侧,他已经将失恋的痛苦给忘记了,他的脑海中只有那一个披着破雨披的小乞女,那一把破旧的雨伞,一个念头强烈地控制了痛苦的海,他也说不清到底是为了什么,他想马上见到那个小女孩。一大早他就起床来,连饭也没有吃就打的径直来到了东方红广场。他想找到那个给自己送伞的小女孩。

阳光非常明媚。

空气是那么清新,东方红广场非常美丽而生动。

可是,海没有找到那个小女孩。

海找遍了整个广场却都没有找到那个小女孩。

海只找到了一个用塑料布搭起的窝棚,里面只放了一把破旧的雨伞,小女孩已经离去了,她大概是到别的地方去寻找自己的生活了吧。

海在窝棚的石头下面放上了一百元钱,他带走了那把伞。

那把伞成了海最为宝贵的珍藏。

从此以后,海从失恋的痛苦中走了出来,他觉得,人哪怕是处在什么样的生存状态下,都要拥有一颗善良纯洁的心。

过了很久,海在媒体上刊出了一个征婚启事,其中对女方的要求第一条是"善良,富有爱心"。

导读：她不反抗不是因为懦弱，而是因为她深信真爱可以拯救她的男人。

爱的力量

在农村老家，我有一个远房表姐，她嫁给了邻村的一户人家。我的表姐夫非常的穷困同时也非常的懒惰，不思上进，让我们很是看不起，都说表姐嫁给了他要吃一辈子的苦。然而，没过十年时间，他们一家人都迁到了全国排名前四位的商品批发城——临沂。他们在那里买了楼房安了家。他们从事服装批发生意，根据估计，他们现在的财产超过了 7 位数。我很为他们两个人敢打敢拼的精神所折服。亲戚们也都对曾经鄙夷的表姐夫怀有崇敬之意了，都说他是一个有本事的人，是个好男人。都说表姐成了一个幸福的人。然而有一天我和表姐聊天的时候她说了一句让我感到震惊的话，她说前几年尤其在刚结婚的那一段穷苦的日子里，她经常受到表姐夫的虐待。表姐夫在外受了气，遭了表姐娘家人的白眼后，回到家中就喝酒，一喝就醉，醉酒后的表姐夫会失去理智，他拿表姐出气，揪着头发摁在地上就打，边打边骂。

表姐就双手护住自己的脸，在心里自己说打吧打吧，只要别把我打死，别把我的脸打坏让人家看见。第二天的表姐会和平常一样，一点也看不出来受到了非人虐待的迹象，见了亲戚邻居，她的脸上会与平常一样，从来不说自己丈夫的不好。

我不解地问:"表姐你为什么就这么愿意忍受这种暴力呢?你完全可以通过法律,最起码也可以通过家里人来讨个说法讨个公道啊。"表姐笑了笑说:"唉,一个女人嫁给一个男人,其实就是将自己的一切都交给了他,他这种行为一方面是由他的秉性所致,另一方面是由环境引起的,你想啊,谁让咱家的亲戚都不把他当成个人来看待,都给他白眼看呢,换成是我,我也会感到非常伤自尊的。但从他的自尊心这么强来看他还是有救的。我不但不应该离开他,因为我一离开他他就会永远都不可能站直了身子做人,并且我还有责任去改变他,重新塑造一个崭新的男人,我有这个信心。谁让我嫁给了他呢,我想这也应该算是一个合格妻子是责任。"

于是表姐就开始了在暴力中忍耐,在忍耐中悄然改变自己的男人。为了摆脱贫困,表姐从县城里批来火柴、肥皂以及针头线脑摆在门口出售。他从一分钱攒起,用了一年多的时间她攒下了一千多元钱。为了树立起丈夫的尊严,她给他买了几件像样的衣服,使他站在人群里不再显得那么的寒酸和委琐。这时候她又从城里批来城里人不穿了的破衣服,用独轮车推着走村串巷卖给老少爷们。表姐就是在那几年将自己弄得脸黑手粗的,整天风吹日晒的,人也显得老去了不少。有付出终有回报,表姐拥有了一万多元钱。表姐夫从受人白眼到一下拥有了这么多钱,腰杆也挺直了,说话也变得气粗了,他一定要买一辆村里人尚不大多的摩托车,好让村里人看看。表姐死活不同意。即使她挨了一顿毒打也没有将钱交出来。那一次表姐夫下手格外的重,以至于表姐疼得喊出了声,邻居闻讯赶来拉架,但表姐却脸上堆满了笑容,说没事每事,我和他开玩笑呢,没想到将他给闹恼了,真是的大老爷们家竟然这么不经闹。嘻嘻哈哈中她就将邻居给支走了。表姐在竭力地维护着自己丈夫的脸面。表姐和表姐夫谈了一夜的心，说了一晚上掏心窝子的话，说一定要将生意做大，这钱千万不可以动，因为这还不是我们显摆的时候。果然，第二天她将表姐夫说服了，他们一起来到了临沂，在服装批发市场租下了一个摊位干起了真正的服装批发生意，并且一直做到了现在，拥有了四五个精品屋，雇用了七八个营业员。说到这里，表姐的脸上挂上了笑容，那是骄傲也是满足。"也说不清是从什么时候开始，那老东西不再动手打我了，也不骂我了，虽然有时他也喝醉酒，但他从来都不再动粗。每当喝醉了酒他就说如果他再动手打我他就是丧良心，就不是他娘养的。说起来也真有意思。"如今的表姐夫已经已经成了商场上的能手，他让表姐一个人在市场上照看着那几个精品屋，他上深圳下海南，选货进货，独当一面，他成了临沂批发市场有名的大老板。

　　在家庭暴力面前，表姐并没有选择立马逃避、离开，她用自己的善良、宽容，还有责任，用实际行动将一个扭曲的灵魂引上了正途，重新塑造了一个崭新的男人，从而，她不但没有痛苦一生，反而拥有了一个幸福的家庭和幸福的生活。我和表姐夫开玩笑地说："你觉得我表姐是一个什么样的女人？"表姐夫思考了片刻，意味深长地说："她，是世界上最最好的一个女人……"

导读：他双腿残疾，一生靠双拐站立。可给深爱的她祭献纱巾时，他丢掉双拐竟能稳稳站立。

红纱巾

　　山子和月挥了一挥手，泪就顺着面颊流了下来，挂着拐的双手在剧烈地颤抖着。

　　山子觉得自己活在这个世界上不配称作一个男人。一个靠自己的女人外出打工来养活自己的男人总觉得没有脸面活在这个世界上。

　　山子不止一次想要告别这个世界，好给年轻的月一个重新生活重新选择幸福的机会，但月总是用一脸柔和的微笑将他的心感化，她说："山子，你该为我想一想，如果你做出什么傻事，你让我怎么办？你让我背负着一辈子的愧疚活在这个世上吗？你知道，你的这一双腿是为我而丢掉的，我今生今世要做你的双腿。"

　　山子想到这里的时候，眼泪流得更欢，在泪眼蒙眬里，列车已经缓缓地启动并向远方开去了，月的那一条红色的纱巾却一直灿灿地飘在车窗外，像一团热烈的火焰。

　　山子的那一双曾经非常健壮的双腿确实是为了月而丢掉的，那是在月初中刚毕业不到两年的时候。

　　山里的野兽多。有一次，月独自一人在山里砍柴就遇到了一只狼。那狼尾随了月一个中午，月摆脱不掉它。就在狼准备动手的时候，正好被山子碰到，山子就和那狼进行了一场搏斗。山子在狼的肚子上捅了八刀,狼死掉了,而山子的双腿也被废掉了。山子是在月和她的父母跪在地下苦苦哀求之下答应和月成亲的。

那时候月只向山子家要了一件彩礼——一条红色的纱巾。

月就只围着那一条和火焰一样的纱巾嫁给了山子。月说:"不管生活怎样的残酷,不管我们遇到怎样的风雨,我们都要坚强的去生活,并且要充满了激情的去生活。"

月之所以要了一条红纱巾是因为她顶喜欢一首在上学的时候读到的诗:

我们的心情会不一样/海会不一样/海鸥的叫声会不一样/黄昏的颜色会不一样

所以我告诉那位女孩子/披一条红纱巾吧/你这样的季节/不能没有风

山子这是第四次送月远行。

月是去打工。

月是到很远的县城里去打工。

山子在月打工的时候,每一个月都能收到从县城里寄来的钱,每月200元,有的时候还要多。每当山子去邮局取钱的时候,山子都要强迫自己挂一脸灿烂的微笑,并且还要念一遍月喜欢的那首诗:披一条红纱巾吧/你这样的季节/不能没有风。

然而山子从来没有想到过,这一次竟是他最后一次送月去县城打工。

山子是在三个月后的一天得到了月煤气中毒而先他而去的噩耗的。

月在县城里干了好几样工作,白天她在人家看孩子,晚上到饭店给人家刷盘子洗碗。月天天劳累。月只想多做些活多挣点

钱。那一天月神志恍惚的忘了关主人家的煤气管,当她发觉满屋子都是煤气的时候赶紧将主人家的孩子送到了门外,自己再次冲进屋子打算将煤气管关上时就晕倒了……

月下葬的那一天山子没有哭,山子没有流眼泪,山子的脸上始终一脸的安详。

山子在月的坟旁默默地立着,坟的周围没有一丝悲凉。

山子在月的坟旁立了半天之后,开始在坟旁的一株大树上挂红纱巾。

山子在树上满满满满的挂上了红色的纱巾。

人们都听见山子在始终重复着一句话:"披一条红纱巾吧,你这样的季节,不能没有风。"

人们都感到奇怪,山子在树上挂红纱巾的时候没有扶他的拐,但奇怪的是,山子竟然能够站得稳稳当当的,好像一棵树。

导读：他面临人生中最重要的一次机会，却无怨无悔地选择了放弃。

无缘无悔

不想当军官的士兵，不是好兵。

三年的军营生活里，有两次考军校的机会。班长海峰明白，这个机会一定得抓住。抓住了，军校一毕业，便是排一级的干部，仍可在军队里奋斗、拼搏。从山沟沟里出来的海峰，非常明白这一点。他要当一个好兵。他决心考军校。

灯光。月光。

苦读。苦练。

无缘——考试的日子到了，海峰却病倒了。再强壮的身体，也抵挡不了过度的疲劳。

海峰急了。不能参加考试，心理总觉得不踏实。他越想越苦恼。越急，越窝火，病就越重。海峰整天躺在病床上，把被子一蒙，没日没夜地睡。

连长心里明白：这小子肯定睡不着。便常过来做思想工作，细细开导。

海峰一句也听不进去，把被子裹得紧紧的，一语不发。他的牛脾气上来了。山沟沟里走出来的娃，一般都有股子牛脾气。

连长急了。连长也是从山沟沟里走出来的，也有一股子牛脾气。虽然有时候也发牛脾气，但他毕竟是连长，他懂得这脾气

该怎么治。连长拉了拉被子,没拉动,便冲着海峰的脑袋部位来了几声狮子吼:"死驴子!你这没有用的东西!这次不能考试那怪谁?怪你自己不懂方法,只知道苦学,把身子骨累垮了。这次不能考,下次还不能考?我再磨破嘴皮子也没有用了,我只问你一句话,有种的,你就回答!你说,你是不是班长?是班长,就别弄这个熊样!"

腾地一下,海峰踢开被子一骨碌身坐了起来,虎目圆睁。

"我是班长!"

"这才对嘛!牛脾气要往正事上使。好好干!军校,是一定能考上的!"

转眼间,考试的时间又到了。海峰憋着一股子劲,手心里都攥出了汗。

连长亲自送海峰去了车站。

"罗海峰同志!你的任务是:取回一张军校的录取通知书!"

"是!保证完成任务!"海峰行了一个军礼。转过身去,直奔公共汽车,坚决,自信。

水灾!大坝告急!坍塌!管涌!

全军紧急出动。连长坐镇指挥。

水声,喊声,连成一片。水势越来越凶,大坝危在旦夕!

"报告连长!罗海峰前来报到!"海峰突然出现在连长面前。

"死驴子!谁叫你跑来的?!你不是去……"

"我是班长!"

"回去考试!这是你最后一次机会!"

"不!我是班——长!保住大堤要紧!连长,你不要说了,我就这牛脾气。"海峰已背起两个沙袋,冲到战斗的阵列里,已分辨不清哪是海峰了。

大水退去了，大堤安然无恙。一朵朵浪花调皮得闪在阳光里，很漂亮。

导读：原来，人们随意发出一个美好的祝愿，就可以让世界变得那么美好。

站牌旁有棵树

还没有丢掉工作并且还拥有爱情的时候，我每天都要在那个公交车站牌旁等车，于是，我熟悉了站牌旁的那棵树。其实我们应该确切的称呼它为"广告树"。因为在这个广告铺天盖地的充斥我们生活空间的年代，站牌旁的这棵树也无法脱离生活的主旋律，于是它就成了一棵浑身贴满广告且每天都要刷新内容的广告树，什么"性病专科""专治肝胆病""办证""寻人启事"，五花八门，五彩纷逞。

女朋友离我而去同时我也失去了工作，我整天迷茫消沉的时候，我是被树上那张并不起眼的蓝色广告纸吸引住的。我看见它首先是因为那一小片清纯的蓝色，在花花绿绿线条张扬色彩泛滥的年代里，我格外的喜欢蓝色，蓝色总给我一种纯洁、天真还有一尘不染的感觉，比如蓝色的天空，蓝色的海洋，还有我学生时代一直穿着现在还想再次穿起的蓝色的学生服，我总是向往着怀有一片纯洁的蓝色心情，但我心灵的天空已经变得浑浊，丝丝缕缕的暗云经常从我心灵的上空掠过。看见站牌旁这棵树上的那片蓝色的时候我首先感到了一阵清凉，一种久违了的感觉，细看时，我的天空忽然晴朗，精神格外的振奋，一行娟秀的钢笔字写道："我是这座霓虹闪烁的都市里的清风／快乐和幸福背

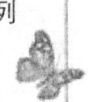

叛你的忠诚时／我会从你孤寂的门缝走过……请记住我的信箱：wangliyan@sina.com。"

很自然,在情感受伤灵魂不知道何去何从的时候,我将我的故事还有我的心情发送到了那个我感到陌生的信箱里,我觉得我在向一片虚幻投入了一个更加虚幻的希望,我迫切的希望能得到一个消息,哪怕是一个对我来说并无作用的安慰。租住的那间小屋子里被我阴郁和忧伤的烟雾浓烈地笼罩着、充斥着。我一支接一支不敢停歇的点燃我的愁绪,一口一口地吞吐呼吸。

我终于收到了来自那个信箱的回信。

"将手指间那段细细长长明明灭灭的愁绪掐灭／推开心灵的窗／取代灰暗的是更为绚烂的阳光

把你昨天还在燃烧的梦想重新点燃／对自己说年轻的梦想不可以受伤／突然发现灵魂意外地立在了春天的中央"

蒙头睡了三天后,我带着那首信箱里的诗一样的心情到人才网站向20多家用人单位发送了求职信。又过了一周的时间,我到了一家大型公司上班了,我成了那家公司的一名文字秘书,我又重新拥有了信心和蓝色的天空。我的社交圈越来越宽广,我认识了许许多多的新朋友,拥有了许多熟悉的陌生的心情。我又重新拥有了属于我的爱情,我和公司里的一个女秘书走到了一起,我们非常幸福非常开心。一个夜色格外温柔格外美丽的夜晚,我将我现在的状况发送到了那个已经好久没有联系了的信箱里,我想问一下这个信箱的主人叫什么名字,我向他(她)表示衷心的谢意。很快我又得到了回信:"其实你不需要知道我的名字／我只是你人生某个站牌旁的一棵树／尤其在你没有暖色和绿色的严冬／我会为你将生活萌芽成一片绿意葱茏。"

第二天,我在一个站牌旁边贴满了花花绿绿广告的树上贴上了一张蓝色的纸片，上面用我不是很漂亮的字写上了一句话："我是这座霓虹闪烁的都市里的清风／快乐和幸福背叛你的忠诚时／我会从你孤寂的门缝走过……请记住我的信箱：xuezhaoping@sina.com。"

　　过了一段时间，我收到了一个受伤的女孩的邮件，说在这个到处充满了诱惑和欺骗的世界上，他最终抛弃了她精心经营的爱情，只留下了满满一酒杯的痛苦和绝望。我用我所有的爱心和善良回复了她的来信，我给她以安慰，给她以鼓励，让她重新拥有活下去、追求下去和爱下去的勇气，大概过了两三个月的时间，我得到了非常满意的回复，她说她已经开了一家老年人服装店，专门经营老年人的服装，很多老年人光顾她的小店，尤其看到白发情侣互相搀扶着，在她的小店里挑来选去的时候她感到格外的幸福，并且她找到了一个真心爱她的青年，他们生活的非常的平凡但充满了快乐和幸福。

　　今年情人节来临的时候，我和我的女朋友乘坐公交车去看情人节的礼物，在公交车站牌旁等车的时候，我忽然发现站牌旁有棵树，树上赫然张贴着一大张蓝色的广告纸，上面用美丽的字体印了一句话："我是这座霓红闪烁的都市里的清风／快乐和幸福背叛你的忠诚时／我会从你孤寂的门缝走过……请记住我的信箱：zhunixingfu@163.com。"那张蓝色的广告纸在那些纷杂混乱的广告中是那么的突出，鲜艳，并且在公交车上我惊奇地发现，沿路的树上、电杆上还有其他可以张贴的地方都贴有一张蓝色的广告纸，这张蓝色的广告遍布了这座城市的角角落落。我油然而生了一种感动，抬头朝天空望去的时候，我发现我们的天空格外的蓝，有白云飘过，有鸽子飞过。不由自主地，我将她的手握得更紧了些。

导读：父亲的一句话,影响了我的一生,从此我不再惧怕失败和成功。

多大点事儿

人生路上,有很多荆棘和坎坷。常言说得好,态度决定一切。你拥有怎样的态度,就会拥有怎样的生活。你用积极的态度去面对那些坎儿,与你以消极的态度去面对,所得到的结果是截然不同的。每当遇到坎儿时,我就会想起父亲的一句话:"多大点事儿!"想起他说这句话时的情形,我就会重新鼓起勇气来,放平心态,坦然面对,每每都能越过那道坎儿。

那年我刚毕业,四处寻找工作,却处处碰壁。我失望了,迷茫了,开始沉迷于酒精的麻醉中,和游戏的虚拟里。父亲大概是听到了消息,特意赶来看我。我以为父亲会劈头盖脸地将我训斥一顿,可是,他没有,而是和我一起喝了几盅酒。他说起我刚上中专那年,他骑自行车赶往80里外的工地去要工钱,但只要来了几百块,心里挺窝火的。夜里返回时,在公路上差些和一辆车撞了,结果自己连人带车翻进了沟里,裤子扯了裆。他在沟里坐了半宿,觉得都怪自己的心情,如果注意力集中,哪里会有这样的危险?最后他一边笑着一边推着不能再骑的自行车赶回了家。

他还说起年轻时到东北打工,在一个叫八道沟的地方,他们搭乘的一辆翻斗车翻了,将他甩出去了三四米远,他当时很清醒,打算爬起来跑,因为那翻斗车马上就要翻过来了,可他一下被树根绊倒,便就势一缩,蜷在一个低凹处,翻斗车的斗子扣住他,继而又翻过去了,父亲毛发未损,就那样拣了一条命。起来后,他庆幸地笑了。有的人因为那件事,立即返回老家去,好久不肯出来打工,而父亲留下了。

说了这些后,父亲又和我喝了一杯,说:"喝了这酒,以后就别喝了。没好处。"喝完,父亲站起来就朝外走,到了出租屋的门口,他立住身,回过头来看了看我,说:"多大点事儿!"说完,就走了。

"多大点事儿!"

这话,从此就印在了我的脑子里。每当遇到了困难和障碍,让我轻易无法逾越时,我就会想起父亲说的这句话。是啊,多大点事儿!这话里,既有对困难险阻的蔑视,也有对自己底气的提升。就因为我拥有了这种积极的态度还有挑战的勇气,在以后的日子里,我总能冲锋陷阵,克服种种困难,不但找到了理想的工作,赚到了可心的薪水,还追求到了心仪的女孩,建立了温暖的家庭。从心里,我感谢我的父亲,感谢父亲的那句话,遇到困难时,从心底说一句:"多大点事儿!"往往,那困难就能够被打败了。

可是,我还是遇到了更大的麻烦。由于当年养成的坏毛病,经常喝一点酒,结果有一次酒后因为玩笑,被人不可思议地大而化之,令我陷入从未有过的被动境地,久久抬不起头来。父亲来看我,说:"就是戒不掉?"我低着头,说:"嗯。"父亲说:"我把烟戒给你看。多大点事儿!"结果,父亲将吸了三十多年的烟硬硬地给戒了。

从此,我滴酒不沾!

是啊,人总会遇到种种困难,人总会有种种毛病和缺陷,但那一切,都多大点事儿?只要有毅力,说改就改了,说克服就克服了。不但如此,我还进一步认识到,人活在世上,追求一点理想,多大点事儿!只要你肯勇敢地做,肯付出,总会实现的。如今,我将业余几乎所有的精力都投入到写作中去,不但加入了省作家协会,圆了我的作家梦,每年还能在全国报刊发表几百篇文章,并且每年也总有几本书能够出版。

感谢父亲,是您让我懂得,在人生的道路上,困难险阻,多大点事儿!也是您让我明白,在人生的旅途中,迈向成功,多大点事儿!

第六辑　人生百态

大千世界，永远演绎着无穷无尽的别样人生。那些千姿百态的人生故事，那些苍茫大地和芸芸众生中的悲欢离合，总是烛照着世道人心，指引着我们弃恶从善，引领着我们奔赴真善和美好。

导读: 他的疑心病病入膏肓,竟然令人惊恐地遗传给了自己的女儿。

绿 妹

绿妹今年十八岁。

之前,绿妹的一切都很正常,并且早已经出落得亭亭玉立,漂亮可人。她的学业成绩也很优秀,就在今年夏天的一个午后,她得知自己以优异的成绩考上了一所上海的大学。

可是,一切的悲剧,都源于那个夏天的午后。

他在车站熙攘的人群里,取走了绿妹的初吻。

他说:"绿妹,我们的爱,从今天起要正式开始了。我会永远爱你,在我有生的日子里。今生,我要和你,默然相爱,不离不弃!"

绿妹激动得泪流满面。

绿妹和他的爱,在弥漫着硝烟般的三年高中生活里潜伏着,也在潜滋暗长着。而就在那个盛夏的午后,终于喷薄而出。

他也以优异的成绩考取了上海的另一所大学。

他们在车站缠绵了整整一个下午,直到最后一趟客车来了,他才恋恋不舍地将她送上了车。

绿妹在车上,将头伸出车外,与心爱的人挥手道别。她望着茫茫人海里的那个人,那个心爱的人,追着车跑啊,跑啊。她幸福的眼泪禁不住涌了出来。她知道,他们的爱,真的开始了,从这个盛夏的美丽午后！

客车就要转过一个拐角，拐过去后，心爱的人就会从她的视野里消失了，可就在那一刹那，绿妹忽然看到了令她震惊的一幕——

一个穿碎花长裙的长发女孩忽然出现在他的面前，并且他们很快拥吻在了一起！

镜头一闪，客车就拐过了拐角。他，还有那长发女孩，都消失在绿妹的视野里了。

如同一个惊雷响在耳边，绿妹一下就懵了。她的耳际嗡嗡作响，胸口有股气体在毫无节制地膨胀。

绿妹疯了一样大喊大叫，要司机停车。

绿妹踉踉跄跄冲下客车后，直奔车站。可熙攘的人群里，却没有了他的身影……

接到前妻的电话后，我急匆匆赶往绿妹所在的城市。

见到绿妹时，绿妹已经在精神病院里接受治疗了。

绿妹披头散发，表情呆滞，嘴里嘟囔着："你竟然隐瞒了那么久，什么默然相爱……"

我见到女儿的模样后，怒火无法压抑，牙齿咬得嘎巴嘎巴直响。我将愤怒的目光射向前妻的脸。前妻的脸上挂着未干的泪痕。我看得出，她的身体在瑟瑟发抖。

我使劲将自己的愤怒按了又按，恶狠狠地对她说："这个责任你负得起吗？！"

前妻是通过种种威逼的手段才获得女儿的抚养权的。而如今，她竟然将女儿抚养成这个模样！

我疯了一样追着大夫问："我女儿的病能治好吧？你们一定要想尽一切办法把她治好……"

世界上所有的医生大概只会说一句话——我们会尽力的。

我颓然地坐在走廊里的排椅上,心中波涛汹涌,又一筹莫展。

这时候,他来了。

他喊了我一声:"叔叔。"

我不由分说,嘭地一拳就将他放倒在了地上。

他擦着嘴角的鲜血,递给我一张光盘,说:"叔叔,你看看这个吧。我没有负她。"

那是一段车站的监控视频——绿妹上了客车,将头伸出窗外,挥手道别。他跟着客车追啊追。客车拐过一个弯,消失了。而此时,他身边走过一位头发花白的老太,一个趔趄险些摔倒。他急忙上前搀扶。他扶着老人向候车室走去。一会儿,绿妹闯进了镜头,四处寻找他,喊他。她绝望地蹲在地上,哭。绿妹忽然站起来,使劲撕自己的头发,撕自己的衣服,扔自己的鞋子,赤身裸体地在镜头里大笑……

我立在那里,久久无语。

他小心地说:"叔叔,我没有负她。"

我忽然放声大哭。

他急忙问:"叔叔,你没事吧?"

我拍了拍他的肩膀,没有说话。

我转向前妻,说:"绿妹,会好的。"

前妻一脸的苦楚,她说:"绿妹遗传的,是你的病。我们俩闹了那么多年,离了那么多年,到今天为止,难道你还是认定我负过你吗?老楚,我最后一次告诉你,我没有!其实,现在说这些,又有什么意义?我只是想让你明白,老楚啊,信点什么吧。人总得信点什么。我还记得二十年前,你也对我说过,默然相爱,不离不弃……"

导读: 原来他诉说的是一个谎言。但那个谎言是真实的,不然,我们为什么都流了泪?

后街姐姐

我住前街。后街,我有一个姐姐。大我三岁。我一直把她当亲姐姐。

五岁那年,后街姐姐八岁。

那一年,几个小子抢了我的玩具,我坐在下水道口哭。下水道泛起的臭气熏天,我却不管,只管哭。我哭的时候不时地察看有没有人来管我。果然,泪眼里看到后街姐姐。她扎着羊角辫,眼睛很大,很漂亮,但没有人跟她玩——她架着拐。她的拐在我面前停下,默默地看着我。我的哭也停下了,也默默地看着她。

后街姐姐说:你想要什么?

我擦了擦鼻涕,说:我要我的那个木马。

后街姐姐架着她的拐走了。我却没有走。我一直没有走。直到黄昏。这期间,我用附近的泥土把下水道口堵得死死的。这时候,后街姐姐的拐又停在我面前。

后街姐姐说:给。

我抬头看见,逆光中,后街姐姐一手扶着拐,一手递给我一只木马——我原来那只。夕阳的光从她身后射来,那一刻,我认定她是我的亲姐。

后来我才知道,后街姐姐从那几个小子手里要来了我的木

马,代价是丢掉拐,在他们面前摇摇晃晃走一百步,哄他们开心。

十六岁那年,后街姐姐十九。

那一年,我被几个小子打了。因为我撕了其中一个小子给我同桌的情书。我同桌是我们的班花。我趴在河边的岩石上哭。我知道,我撕了他的信,也赢不来她的心。我是班里的泥鳅。趴在淤泥里的黑泥鳅就像传说中的癞蛤蟆。癞蛤蟆娶不到天鹅,黑泥鳅也得不到班花。

后街姐姐的拐比以前大了几个号,又停在我的面前。后街姐姐说:你想要什么?

我说:我想要班花。

后街姐姐走了。我没有走,我一直没有走。我一直在我的悲伤和绝望里。直到后街姐姐的拐,再次停在我面前。

后街姐姐说:给。

我抬起头,逆光中,后街姐姐一手拄着拐,一手递给我一封信——我同桌的。夕阳的光从她身后射来,那一刻,我认定她是我的亲姐。

后来我考上大学时才知道,后街姐姐找到班花要她给我写了一封信,答应考上大学后可以考虑做我女朋友,代价是后街姐姐险些丢下拐跪求班花。

三十岁那年,后街姐姐三十三。

那一年,我被几个小子打了。因为我在酒吧喝醉了酒。喝醉酒是因为我离了婚。我离婚是因为我喝酒。我喝酒是因为我工作不顺。我工作不顺是因为我想赚更多的钱。我想赚更多的钱是因为我想离开前街的平房买套大平房。我坐在午夜前街的路口马路牙子上哭。在我不远的地方是一根路灯杆。路灯杆上的路灯投给我一个人影。后街姐姐在逆光中把拐又停在我面前。

后街姐姐说:你想要什么?

我说:我想要个家。

后街姐姐走了。我没有走。我一直没有走。我一直待在我的黑暗里。后来,后街姐姐的拐又停在我面前。后街姐姐把手伸到我面前,说:给。

我抬头,逆光中,我看到后街姐姐递给我一把房门钥匙。路灯的光从她身后射来,那一刻,我认定她是我的亲姐。

后来我打开房门走进那套房子时才知道,后街姐姐给我买下了这套大平房,用的是我的名字,代价是后街姐姐花了所有的积蓄,包括小时候那场车祸赔偿给她的所有的钱。

说到这儿,他猛饮一杯。

酒吧里,没有人说话。我们有的举着酒杯,有的托着腮,有的流着眼泪。我们谁也没有动。直到他讲完自己的故事,轻轻趴在桌上睡去。

他彻底醉了。

时间已经到了晚上的三点五十分。

我说话了。

我说:谁知道他住哪儿?

有人说:他住前街。

我又说:谁知道他妻子的电话?

有人说:他从未结过婚。

我接着说:那我们联系谁来带他回家?那个后街姐姐?

有人说:这座城市,只有一个前街,没有后街。

我不解,问:那他说的后街姐姐,住哪儿?

有人说:我在这儿长大。没有那么一个人。他也没有上过学。

我大吃一惊。

这时候,他醒了。他说:我,没醉。我去后街,找我姐姐……

他站起身,摇摇晃晃,走出了我的那家酒吧。

酒吧外,霓虹闪烁。

逆光中,他的身影渐行渐远,最终不见。

只有他的拐,敲击地面的空响,久久地叩击我心。

导读：区区一块菜园，居然描绘出了世道人心，竟然描绘出了人生百态。

院长的菜园

小陈的家在桃花镇医院家属院里，在最前排。目光跳过前面的院墙，就可以看见远处的青山和那条柳子河，环境宜人。医院里的职工空闲时间都喜欢到前面这空场来休闲。

在这排房子和大院墙之间有一小块空地，土质倒是肥沃，只是没有人管，荒芜在那里。

一年春天，小陈将地辟了出来，准备种上些青菜，正好医院里的贺院长经过这里看见了，说：小陈啊，还真有闲情雅致啊，这地方种些辣椒、西红柿什么的，比什么都强。

小陈也很会来事，见贺院长喜欢这块地，就说贺院长，要不这地您种吧，说真的，我还真不懂呢，假如您种肯定能种出好菜来，让我自己种啊，还真就是糟蹋了这块好地。

贺院长笑了笑，说：这是怎么说的呢？要不这样吧，你把这地分成两份，咱两个种，看看谁种的菜长得好。

小陈便爽快地答应了，要知道小陈的妻子是人家贺院长的兵，给人家当差呢！

很快，贺院长和小陈分别在自己的那一小块地里种上了青菜。

自从种上了青菜，小陈每天早上起床后就发现，贺院长那菜

园里总是已经浇透了水。小陈就笑,心想:这贺院长还真行啊,看来是真想和我这年轻人比个高低了,真是勤快。

果然,没过多长时间,人家贺院长的菜已经拱出地面,绿绿的一层了,而自己的只是稀稀拉拉拱出了少许。唉!小陈难免要发出些感慨来了,心想这姜还是老的辣啊!不过,我这要比贺院长年轻二十多岁的年轻人,怎么可以那么懒惰呢?人家50岁的老人了,什么时候早起,担水浇了菜园我都不知道!看来啊,以后还真得早起锻炼身体,不然,等自己也到了50岁,那可就连腰也直不起来了。

于是,小陈下定了决心,要养成早起的好习惯。

这一天,不到六点钟小陈就起来了,看到东方已经放亮,远处的青山点点,似乎还听到小河潺潺的流水声和小鸟清脆的鸣叫,这简直是一种享受!小陈正沉浸在清晨的美景里,忽然听到院子外面有水桶和舀子的碰击声,肯定是贺院长早起浇菜了,小陈打算过去打个招呼,可近前一看,原来是临时工老侯,他正在撅着腚给院长家的菜园浇水。

老侯同时发现了小陈,有些尴尬,吱唔了半天,说了句:呵呵,锅炉房里漏水,用桶接了没有地方倒,正好浇在菜里吧,呵呵,小陈你种得这菜长得可不赖哈……

又有一天早晨,小陈早起发现外科的郑大夫挑了水来给院长的菜园浇水,后来还发现了皮肤科的小鲁。小陈的心里就觉得复杂起来了,心里只说了句:嗨,这些人呢!

于是,小陈以后总是在六点以后起床,免得遇见了尴尬。

很自然,到了收获季节,贺院长的菜长得要比小陈家的菜水灵多了,紧挨着的两块地,一个绿意葱茏,一个像干旱的非洲。

第二年,小陈又将那两块地辟了出来,找到贺院长说:院长,今年您再种一块吧。

院长说:算了吧,我也没有时间管理,去年种了菜我都忘记了,一次也没有过去管理过,呵呵,不糟蹋地了,你自己种吧。

于是,小陈自己把两块地都种了青菜。大家再到前面来休闲的时候,小陈就说,唉,真丢人啊,去年和院长比赛,看谁种的青菜好,他的棵棵水灵,我的都没有长成气候,今年我不种了,这两块地都让院长种了,省得我糟蹋了地。说完了这些话后,小陈回家就偷着乐去了。

每天早晨小陈总在六点前起床,从门缝里朝外看,果然老侯他们总是在撅着腚浇水,很卖力气的样子。小陈觉得格外有意思。每天,菜园里总是湿漉漉的,就连最早的那几天,连自来水管都停了水,但菜园里依然水源充足。眼见着这菜绿油油地长了起来,小陈的心里那个乐啊,心想,看来人得需要点智慧啊,呵呵,不用出力,今年我就可以吃到最新鲜的蔬菜。

可是,忽然有一天,小陈起床后吃惊地发现,自己那两块菜园里的菜全被践踏破坏了,还不知被谁堆放了垃圾。

小陈气呼呼地一句话也说不出来。

吃早饭的时候,妻子小齐说:知道吗? 贺院长犯了点事。

小陈问:什么事?

财务问题吧,也有的说是拿了人家的钱没给人家办事,让人给整了。小齐说。

小陈急切问道:那他现在呢?

嗨,上面照顾他的面子,毕竟快退休的人了,把他调到一个偏远乡镇医院去了。就是昨天中午的事。小齐一边吃饭一边说。

小陈愣了愣,把已经夹起来的一块青菜又放回了盘子里。

导读: 他把辛苦钱藏在最保险的地方,却眼睁睁看着丢掉。这是何等的辛酸与无奈?

把工资带回家

我们村在一个非常偏僻的小山沟里。村里有一个叫蔡老黑的中年人,已经35岁了,常年在外打工,老婆和孩子在家里鼓捣那一亩三分地,种出来的粮食仅仅够他们一年的吃喝,所以孩子的未来,包括上学及其他,都靠蔡老黑那打工挣来的工资了。

然而,这两年,蔡老黑有些背时,一年到头辛苦赚来的工资总是带不回家。

一连两年了,他一分钱也没有带回家。

事情是这样的。

去年腊月天,蔡老黑早早地就朝回赶。在火车上,蔡老黑美美地想,到了小县城的时候,就去商场给自己的女人买件好看的衣服,也给自己那个胖小子买个像样的书包,明年他就该去上学了。因为这一年蔡老黑干建筑挣了 **4500** 元钱,对他来说,这已经不是一个小数目了。

正在想着,过来了一个时髦的女郎,涂脂抹粉,染着紫红的嘴唇。她过来说:"大叔,朝里靠靠吧,也让我坐一下,我累坏了。"

说完,不由分说就从蔡老黑的腿上坐了下去,蔡老黑的胸口立即就感到一阵燥热,不敢拿眼睛看她,却又忍不住看。

那个时髦女郎坐了约莫半小时的模样,起身扭扭地离开了。

这时候，坐在蔡老黑旁边的那个小伙子拍了拍他的肩膀，说："大叔，刚才那个人好像是小偷啊，前些日子也是这么一个人，坐到我的旁边去了，一转眼，我的钱包就没有了，三千多元呢！出门在外，可要小心。"

蔡老黑大吃了一惊，赶紧摸了摸右边裤兜，硬邦邦的，还在，这才长出了一口气，说："还在，还在。"

到了下一站，小伙子下车了。

下车的时候那小伙子还说："大叔，出门在外可要小心啊，钱一定要带结实喽！"

蔡老黑"是是"地答应着，心想，这小伙子的心真好啊。然而，到了小县城的时候，蔡老黑发现自己右边的口袋已经被划了一尺长的一道口子，4500元钱踪影皆无！

今年腊月天，蔡老黑回家的时候就开始琢磨了，这钱可千万不能再放在衣兜里了。

为了安全将工资带回家，蔡老黑将一年的工资放到了自己那破烂的铺盖卷里。

那铺盖卷油油的、脏乎乎的一团，朝地上那么一扔，没有人会在意，自己跑出老远，蹲在地上查看一阵，果然没见有人对那破东西感兴趣，只是有一个小伙子被绊了个趔趄，踢了一脚，骂了两句，还拿纸巾擦他那锃亮的皮鞋。

蔡老黑嘿嘿地笑，放心的去买车票了，心里还美美地想，赶明年我要将工资放在我的鞋子里，那样也是安全的。那年他和大哥到省城去看病时，就是将钱放在鞋子里的。

过了一会儿，蔡老黑捏着车票出来了，他去找那破铺盖卷。可是，蔡老黑傻眼了，那破铺盖卷不见了！

蔡老黑纳闷，这样脏的东西，谁会要呢？不能啊？！

汗就流了出来,抬头四下里急急张望时,隐隐约约看见有一辆垃圾车朝远处突突地开去,一眨眼工夫就不见了……

导读：那些孩子的眼睛，竟然和黄牛的眼睛一样。我们从那些眼睛里，看到了愚昧，也看到了希望。

心灵旷野的夕阳和黄牛

师范学院毕业的那一年，我带着无法描述清楚的心情又一次踏上了故乡的土地。

眼前的这一派美丽的田园风光让我回想起我的儿童时代，那是一种和身后那一轮硕大的夕阳有关的凝重，在没有欢乐陪伴的童年，我唯一的亲人就是田野，我将所有的精力和希冀都寄托在了我们那里的那一片广阔的大原野，各色的花是我的舞伴，各种野外的昆虫是我最好的朋友，我将我的心事向花草说，向昆虫说，向我身后的那一轮永远相视无语的夕阳诉说。一轮硕大的夕阳，山岭上一个戴着草帽的牧童，牵一头黄牛迈着沉重的步伐走过。这是我的生活中最基本的剪影。唯一和我永远在一起的是那一头忠实的老黄牛。我对我的那一头老黄牛有着一种永远无法排解的自责和愧疚，我真的对不住它。没有人能够为我交足学费，我手中握着师范学院的录取通知书黯然伤神。我是一个孤儿，从小吃百家饭，穿百家衣，是善良可亲的故乡亲人将我养大。我是在牛背上自己念完了高中的课程。最终，我考取了一所师范大学。乡亲们都是穷苦的人啊，他们五元十元，三毛五毛的为我凑学费，但是，最后还差1000多元，村主任眼里汪着泪水过来，拍了一拍我的肩头，然后就将和我为生的老黄牛给牵走了。我清

楚的看见那一头老黄牛在转过村口的那一盘石碾之前，还回头看了我一眼，我顿时觉得我的心胸都要爆裂了，我想冲上前去将那老黄牛给牵回来，但是我的乡亲们将我的胳膊给拉住了。我一跳一跳的将我的鞋子给踢飞了。

如今，我师范学院毕业了，我又回来了，又一次踏上了故乡的土地。在事隔四年以后，头一次重温故乡的田园风光的时候，我仍然看见在光秃的山岭上，有一轮硕大的夕阳在和我相视，我们相视却依然无语。我依然看见故乡的那可亲可爱的父老乡亲，他们仍然在用自己的憨厚和无奈的微笑对付着贫穷，十多个光着屁股的十岁左右的孩子，就像当年的我一样在放牧着猪羊，还有黄牛和青牛。有人在吹奏着一支柳笛，吹出一支蹩脚的曲子："妹妹十八那年哥十九，下午放工咱并肩走，一走走进高粱地里头，哎呀哎呀咳……"我感到我的心中有一种隐隐约约的疼痛，到底是为什么而疼痛，我说不清，也道不明。

我将我的打算跟村主任说了。村主任先是闷着头抽了一阵旱烟管子，然后在他蹲着的木凳上将烟锅轻轻磕了一磕，扬起那包含沧桑和倦滞的脸，对我说："可是，咱村子里没有给你发工资的钱。"我说，没有关系，只要给我足够的口粮，其余的报酬我什么都不要。就这样，我们的协议就算商议妥当了。第二天，村主任在喇叭里头喊，从明天起，咱葫芦村小学就要开学了，到了年龄的娃子都要到大队里来报名。那一天晚上，我没有睡觉，独自一个人来到了村口的那一口石碾旁边，一弯镰刀一样的月亮从西边的牛顶子山上爬了起来，冷冷清清的照耀着这个小山村。有几只山狗在三声两声的咬。松涛在耳边回响，是一种捉摸不定的声音，像是有谁在哭泣，又像是有人在诉说着一件什么沉重的事情。那条通向山外的山路在冷清的月光下显得格外的纤细和瘦

弱,禁不住冷风一吹的架势。它能一头挑起大山的贫困和愚昧而一头却又挑起现代的文明与喧闹吗？我坐在那一盘已经用了不下百年的老碾上,望着冷月下的那一条瘦瘦小小的通向山外世界的山路而大发感慨。我狂妄地想,我就是一块筑路的材料,我平卧了我的身子,是会将那一条山路修理的平整一些,宽敞一些。那一刻,我就是那一条蜿蜒起伏曲折不平但能通向山外世界的山路。

　　我的激情是在那一天以后一天一天地慢慢削减和冷却的。来报名的孩子都让他们的父母给生拖硬拽地带走了,把我的一腔热情和报效家乡父老的真诚给这样无情的抛在了荒郊野外。他们对自己的孩子的一句说教是让我永远都无法得到安生和理解的——好好放你的牛啊,不要再去不务正业,二娃这孩子,想当年村里资助了他多少钱让他去上大学,如今你看四年的大学上下来了,可是他得到了什么？还不是回到咱们这个穷山村让咱们来养活？听到这句话的我在盛夏的野外突然就遭受了一场意外的狂风暴雨,将我击昏在了野外的空旷和悲凉之中。与其说这件事情让我的灵魂得不到安贴,更让我的灵魂在颤抖和不安的是,在被他们的父母生拉硬拽的带走的时候,那些适龄甚至是超学龄的孩子在转过村口的那一盘老石碾的时候,都不约而同地回转过头来看了我一眼,然后就一闪而过了。所有的孩子都是用这样的表情和我告别。那一刻,我欲哭无泪,怀着无限悲痛而沉重的心情回转身的时候,我突然发现,在我的身后挂着一轮硕大无比的夕阳,夕阳下一头苍老的老黄牛在迈着沉重的步子缓缓地走过。

导读:他的形象,似曾相识。我们总疑心在自己的生活里,不止一次遇见过他。

夏天夜里的狼

光棍田二叔是一个大玩家。三十多岁的人了仍是一套玩心,整日价和我们这些光屁股的毛头小子们摸爬滚打在起。冬天的时候领着我们爬上坡崖堆一个大雪人,头上给戴一顶破的毡帽,涂上红的鼻尖,围住它玩一阵之后便燃上一只带过滤嘴的香烟塞进它的嘴巴。有时扫开雪块,支一顶竹筛来套麻雀。有一回果然就把王二婶家的那只胖母鸡已经鸡腿麻木站不起来了,当然就遭了快嘴王二婶的一通臭骂。春夏秋三季在记忆里几乎全是由田二叔带着去洗澡。村子的南头靠近杨树林的地方是有着一个大的池塘的,浩浩地储了一汪清波。白白的十几个光屁股跳进去了,激起一片白的水花,鸭们便扑棱棱乱飞。在水里却田二叔的能耐可大了,他能够一个猛子扎进去半天不露面。大家就不无佩服地张着嘴巴朝塘的那一头瞧,盼望着能看见田二叔从那儿猛地跳起,手里却抓着一条首尾乱摆的大鲤鱼。然而这一回他竟捉迷藏一样偏偏就不在那里露面。过了半日仍不见露面,大家难免有些着急和担心了。但突然之间每个人的小牛牛都被什么抓了一下,吓得大家忙用手去护住,这时田二叔口里叼着一根芦苇露出了一个尖脑袋来,于是众人就嬉闹了起来。

有一年夏天,田二叔突然间就讲起了狼。夜里一起玩的时候田二叔大讲而特讲起了狼,狼这东西我是没有见过,相信其他的伙伴们也没有见过,但几乎人人都知道狼这东西是猛兽,样子极其吓人的。村里孩子们每每犯下了什么错误挨一顿毒打之后就要没完没了地哭,这时大人们就要虎着脸说道:再哭狼就来了!果然,哭声戛然而止。田二叔说:狼这东西现在是还有的。二狗子,你知道你的姑姑是咋死掉的吗?那年一起去上识字班,深夜里归来的时候你姑姑要小解,让别人先走,自己就解开腰带褪下花布裤子来撒尿,尿喷在石头上哗哗地溅了一裤腿,自己低头看了看,再一抬头时,面前已经蹲了一匹狼,鼻尖都已经触到鼻尖了。先走的人们听到一声吓人的尖叫,也不知是狼叫的还是你姑姑叫的,反正你姑姑就死了。说到这里的时候,围坐的小伙伴们统统地打了一个哆嗦。田二叔说道:听说现在那狼又来了,就在池塘边上的那个杨树林子里。三娃子,你知道当年你爷爷是咋死的吗?你爷爷六十的那一年夏天常提了马扎摇着蒲扇到那杨树林里的最大一株老树下,坐了,静静等那蝉龟子,唰唰的,是蝉龟子在爬树了,你爷爷一伸手,果然就有一只落在了手中,便装在了你奶奶给缝制的布袋里去。一夜就能捉个几十只,回去拿盐水泡了,第二日你奶奶就用油一煎,做了下酒物了。那年南村的李拐子也常提了茶壶来这下树林与你爷爷小坐,边等那蝉龟子边说些过去的事情。一个没有月亮的夜晚,你的爷爷提了马扎又去了。老远就看见李拐子早早端坐成了一团黑影,你爷爷还听到那老头在啪啪的嚼吃什么好食,便问道:老伙计,啥好玩意?竟独吞了?李拐子不吱声。你爷爷就笑着过去一拍他的肩膀,那李拐子一下转过脸来吐给你爷爷一条二尺厂的红舌头,眼里射出两道绿光。你的爷爷尖叫了一声。村人们赶到的时候,你爷爷的屁股已被啃掉了大半。抬回去在床上卧了半年就死掉了。围坐的小伙伴们又是一阵哆嗦。

　　于是,这一年夏天的夜里,小伙伴们便不再去杨树林子了。这样一来,大人们就要刨根问底了。因为这严重危害了他们的利益。蝉龟子这东西是尤物,如今拿到镇上的饭店里要卖到一毛多钱一只呢!平时孩子们每夜总能从杨树林子里捉回近百只,一个夏天就是近千元的收入呀。大人就问为什么不去杨树林了?娃子们实话实说,说:田二叔讲杨树林子里有狼的,已经吃过了好几个人……放屁!王二婶破口大骂,田二,你小子是黑了心了哩!你是想把孩子吓跑吃独食是不是?攒下钱好说媳妇?!如果是那样,即使说个媳妇我也给你挑了!田二叔慌忙又召集孩子们说:其实树林子是可以进去的,只是不要太晚,尤其是靠近池塘的那一片深草里千万不要去,也不要看,据说那狼就在那地方哩,切记呀!要是出了问题你自己倒霉哩!说这话的时候,田二叔的目光有些异样,那该是狼的目光吧。大家的心里又一阵哆嗦。

　　在大人的强迫之下,小伙伴们又纷纷出动了。但大家心里皆惶惶的,不敢轻易走散,动不动就把自己吓一跳,于是总是三两个人手牵了手,极其小心地摸索着前进。我们都约好了,万一有什么情况一定要一起喊,好把那猛兽吓跑。然而,老天却偏偏要与我作对,那一天夜里,我的肚子咕噜了起来。哎,这都怪自己,白天洗澡的时候偏要学田二叔的样子一个猛子扎进水底,怕是被水底的凉水冻坏了肚皮。伙伴们统统表示讨厌的样子:不准在这里解决!到林子边上去,不然咱们来来回回的踩一脚怎么办?!没办法,我只好向林子边上走去,不远处就是田二叔讲的那一片禁区,是靠近池塘的那一片深草,我的心里怕极了。我特意要求大家一定不要离得我太远,一定要在我附近转悠。我迫不及待地解开了腰带,褪下裤子蹲了下去,我不敢低头,我要抬脸看着我的伙伴们,我怕低下头去再一抬头就会有一只狼的鼻尖触到了我的鼻尖上。然而,我果真听到那深草丛里有了一阵响动,我不由自主地站起了身且扭头望去,果然那里有一团黑的影子,在我看去的那一刻突然就变成了两个,我的头皮啪啪的炸响了,毛发也陡的立起了,我要喊出声的时候,却听到那黑影在说话,是一个女人的声音:哪来的孩蛋子?!一个声音回答道:俺村的二狗蛋子,甭管他……天呀!这正是田二叔的声音!那一刻,我的肚子不疼了,回去之后,我才发现,我已经拉了稀稀稠稠一裤裆。

  狼的事情我已经不再相信,倒是对田二叔的事了解了不少。听大人讲,田二叔原先是有过一个女人的,过门子之后,三年没有生下一个娃,后来就跟南村一个杀猪的私奔了。那女人私奔了之后还扬言说田二这小子没有种,是个没有本事的人哩!

导读： 他是一个有能力、态度好和有人缘的好人，但他无处立足。

三好干部

郝任远在单位，那是绝对的"三好"干部——能力好，态度好，人缘好。

郝任远在本部门，是业务骨干，用张三话说，那叫"离了郝任远，地球无法转"。本是简单的部门内部业务，部门的其他同志伸伸手就可搞定，可同志们却常常要尖着嘴呷一口茶，慢悠悠，而又意味深长地说："这事得等郝任远来。他是专家。别人只怕是搞不来嘛！"

郝任远在部门除却是业务骨干，还"分管全面工作"，凡事都需他来。用李四话说，他是"茶壶茶碗洗脸盆儿，早上下午扫当门儿"。没有郝任远，拖把倒在门口，同志们会高高抬起腿，来学刘翔的模样练习一步跨栏，回头还说"郝任远呢"。

其他部门也离不了郝任远。一会儿政工科来喊——电脑老死机，快来搞定。一会儿保卫科来电——老郝啊，保卫科的门锁打不开了，十万火急，快来！

郝任远能力好，十项全能，无所不精。单位几乎所有事，只要他来，统统秒杀搞定。并且，无论做什么他总是乐呵呵的，态度极其温顺，故人缘极佳。上至领导下到同事，没有一人说他不是。

某年，根据需要，单位搞优化组合，实行双向选择。选不上的人就下岗。

三好干部郝任远落了选。没有一个部门肯选他。

　　原因？部门负责人们口径几乎一致：能力好，不错，态度好，不假，人缘好，也没的说，就一点不招人喜，什么？注意力不集中！不能把主要精力放到本职工作上，谁的活儿也去干。那哪成？在我的部门，去干别的部门的事，你到底是哪个部门的？不能要！

　　郝任远便被办理了提前内退手续，算是下了岗。

　　保卫科门锁又坏了，才发觉，这事还真需要郝任远。

　　政工科电脑又死了机，嘿，郝任远在就好了！可惜啊，他走了。

　　一切似乎都乱了套。

　　一种危机感袭来——没有郝任远，地球停止公转。

　　为了顺应民意，单位研究，最终做出英明决定，重新返聘郝任远，工资减一档，不设岗位，全算勤杂。

　　同志们遇到工作了，又可以尖着嘴呷一口茶，不紧不慢地说："叫郝任远来。他是专家。"

　　一切都恢复正常，一成不变。唯一变的，是三好干部郝任远，他的工资少了一档，态度却更加积极了，乐呵呵的表情里，对每个人似乎都夹杂着讨好的意味。

导读：当梦想遭遇现实，他痛苦地发现，他的生命其实只是一架鱼骨。

一架鱼骨

君文提了一个黑色塑料袋朝镇政府大院走来。我知道他是来找我。前两天他曾经打电话过来说弄到一条4斤多重的鲶鱼，要来和我一起吃一吃。我说好的，正好还有一桶米酒，你我已经好久不聚，还真有一点想念。当时我还顺嘴问了一句，你在石头棚小学待着闷不闷？电话那边就叹了一口气，说去了再谈吧。我出事了。电话就扣了。我知道君文这人语寡，再打电话过去问也不会说，便放下电话，等着他来，只不过心里却惦记着他，猜度着会发生什么事情呢？

我迎上去接了他手里的袋子，望了一望他的脸色。果然显得很沮丧。一时间不知道说些什么，就掂量了掂量手里的鱼，说：至少五六斤重的，哪里会是四斤？君文说：又弄了一斤羊肉，羊肉和鲶鱼炖了味道才够鲜。我说哦，只这么听说过，却没有吃过，今天就尝一尝。俩人一前一后就挤进了我那狭小的家中。

若兰就提了鱼和羊肉去侍弄。君文望了一望若兰的背影，说：嫂子贤惠。我笑，说她心态平稳。其实生活就是一种态度，拿一颗平常心去对待清贫或者富贵，心里总有满足的。君文又叹一口气，说：惠子如果有嫂子一半就好了。我沉吟了片刻，问：弟妹还是那样吗？君文就点上了一支烟，我从茶几下面取了一只烟缸过去。吐了两口气,君文说:她终于提出了离婚。我拍了拍他的肩头,说:还能挽回吗?君文摇头。我问:其实你申请调到石头棚小学教书的选择我是不赞成的。我知道你的用意,你是想寻一点清净,可现实不可以老是回避,你要面对的。君文笑,说:实际上说白了,她是希望我能和她到外面做生意挣钱,然后买车买房过城里人的日子,她已经过够了少油少盐的日子,这个我是理解的;而我是渴望她能安于平凡在家里相夫教子,红袖添香,我无法放弃我的梦想,而这个她是不理解的。于是就有了这个局面。其实,再考虑也是徒增烦恼,还不如坐看夕阳甩出长竿钓大鳖来得自在。人生也就这么回事情了,怎么着也是活个一回,内心自在就好。呵呵,我果然就钓了个四斤多的大鲶鱼。她不是说我在这里坐个破马扎端个漏汤的破饭碗不够寒碜人吗,嫂子,嫂子,鱼要整个的炖,我把那鱼骨送了那惠子做离婚礼物呢,谁说我就破马扎破饭碗了,四斤重呢。

我看得出,君文思维是有些混乱了。城里的媳妇惠子本来就反对他到这个桃花岭镇教书,如今他又申请下了村小学,窝到大山沟里去,那边自然给他更大压力了。一条汉子肩挑300斤腰都不会弯,可心上压上300斤的重担连头都仰不起了呀。于是,我们就喝酒。一直喝到黄昏,君文已然微微有了些醉意。君文忽然说:我出事了。我放下酒杯,拿眼睛望住他的眼睛,关切地问他什么事情。君文惨淡一笑,说:我们班最漂亮的那个秋玲你知道的?我点头,是,知道,高高的个子,已经是出挑成一个大姑娘了。君文接着说:她的一篇作文《爱满深山》获了一个全国性的大奖。得到这个消息,我忽然从讲台上跑到最后排,一把把她从座位上抱起来,抱到讲台上去,守着全班20多名五年级小学生的面,亲吻了秋玲的腮一下,然后又亲吻了两次。我的眼泪就落在了她的腮

上。全班同学一起尖叫。秋玲挣脱了我，一路哭着跑回家去了。我听说秋玲的父母和哥哥扬言要打断我的腿，他们骂我是披着人皮的流氓。君文停顿了一下，又饮下了一杯酒，我看见他的眼神熠熠生辉，决绝地望定远方，说，她不是说我坐着破马扎端着漏汤的破饭碗吗？可我果然就钓到一条大鱼，四斤多重呢。

　　我还没有说什么，君文已经倒在沙发上睡去。我说：君文，其实，我看得出来，你还是在乎你和惠子的感情的，你所做的这些，不都是为了证明给她看吗。便拉了条毛毯盖在他的身上去。若兰进了屋来，说：你来看，这鱼骨剔出来了，完好无损呢。我便走了出去，果然是完好无损的一架鱼骨，足有半米多长的样子。我取了一段红毛线系了，挂到墙壁的一个木楔上去，说：挂在这里凉着吧，君文醒了是要带回去的。

导读： 他榨干了生命中所有的养分,成功养育了一帮子不肖子孙。

房　子

　　当村里的生活水平有了一定的提高,姑娘们的眼光也随之提高,一天比一天挑剔了起来。万儿八千的见面礼为常事,还得彩电冰箱摩托车,外带五间大瓦房,拉院墙,建门楼。尤其在房子的问题上,姑娘们总是挑来剔去,黄豆里挑绿豆,三番五次地向男方家发难。在她们以及她们的父母心中,过门子之前让男方家着实的难受一番,便觉出了姑娘的宝贵,过门子之后就会知疼知爱了。

　　于是,在房子建好了之后,姑娘们就要来看房,不是说大门口开得不吉利就说门楼不够气派,必须拆了重建,三番五次折腾得男方家鸡犬不宁油煎火燎。

　　但只要是宝柱叔经手建的房,村里村外的姑娘无论如何也挑不出刺来。

　　说来也怪,只要是宝柱叔建的房,谁也说不出个不字来。

　　宝柱叔的手艺就这么绝。

　　宝柱叔自从二十多岁就开始拿瓦刀手锤,这手艺与日俱增,精湛得方圆百里闻名。

　　到了年龄的小伙子争着了请宝柱叔去建房。方圆百里气派的大瓦房几乎全是宝柱叔的作品。姑娘们满意,小伙们感激。

　　宝柱膝下养了三个儿子,韭菜一样一茬一茬的猛长了起来。

儿子大了就得给说下一门亲事了。

宝柱叔给大儿子建了一套高雅壮观的大瓦房。

当然,这第一桩亲事花掉了宝柱叔一半的积攒。

又过了几年,二儿子也到了成家的年龄了。宝柱叔又给建了一所高雅壮观气派无比的新房。儿媳妇乐得合不拢嘴。

第二桩亲事花掉了宝柱叔全部的积攒。

年过六十的宝柱叔已经感到有些力不从心了。宝柱叔便很少再出去给人家盖房修门楼了。

又过了几年,三儿子也长大成人了。长大成人了的三儿子也得说下一门亲事了。照例,宝柱叔又给三儿子建房子。

按照上级的规定,二子之家国家划给一处宅基,三子之家国家划给两处宅基。

于是宝柱叔便将老房子推倒了,宝柱叔就在这老宅基上建起了一套高雅壮观气派无比的大瓦房。

当然,这第三桩亲事让宝柱叔欠下了六千元的债务。

三桩亲事都已圆满完成了。宝柱叔在三套气派的大瓦房后面的小山坡上垒了一半截屋框,又用木头做了一个扎着茅草的尖盖顶。上顶的那一天,三个儿子特意赶来帮忙,与宝柱叔一起,每人抬一角,架到了屋框的矮墙上。

这样的房子在当时有着一个非常美丽也非常形象的名字,叫作:团瓢。

宝柱叔搬进了团瓢子之后就召集三个儿子和三个儿媳妇来分家。

宝柱叔把财产留下自己该用的之后平分了三份,三个儿媳妇笑嘻嘻的领回了家。当宝柱叔将六千元的债务平均分成三份让三个儿子领回家的时候,儿媳妇们的脸上立即就现出了霜色,且越来越浓重。

宝柱叔一看这局势,赶紧作罢,说道:要不,以后再说吧。

于是,宝柱叔独自背了六千元的债务住在了这个全村唯一的团瓢子里。

有时候,宝柱叔翻出瓦刀来看一看,但瓦刀已经锈迹斑斑不像个样子了。

宝柱叔便整天坐在门口吸旱烟,最后一抹残阳照到团瓢顶上时,宝柱叔准时打开收音机听单天芳说"上回书说到……"

导读：生活告诉你，人生就是一场修行，你练到什么样的境界，就有什么样的修为。

境　界

办公室里有一个不成文的规定，除崔科以往，资深科员老刘、科员大李和新兵蛋子我要轮流着打扫卫生，每个人一扫就是一个月。

我是大学毕业新分配来的，所以倍加勤奋，轮到我值日，总要提早20分钟进办公室，在其他人来上班之前将办公室收拾停当，搞得窗明几亮，连窗台上的几盆花草也分别浇透，叶子总要用湿布擦去粉尘，弄得一尘不染，绿油油一派生机。

大李值日的那一个月就与我不同了。他总要踩着钟点踱进办公室，先是摸起那个满是茶垢的茶杯，从茶叶盒里捏出三五片茶叶放入，歪了杯口看一看，再捏两三片放入，沏好放到办公桌上，方提了扫帚扫地，那动作慢腾腾很有一点做派。常常是一会要老刘抬腿，一会要我挪地方，折腾半个多小时也不能让人消停。

轮到老刘值日的那一个月，情况更加惨烈。此君似乎天生邋遢。一进办公室就埋头在已经乱如猪窝的办公桌上翻这找那。他常常要翻天覆地地寻找三分钟前还在手里的一份文件。当别的科室有人来或者领导过来安排工作时，见地上到处是烟头，纸团到处乱滚，便说：天啊，这哪里是办公室？哪里还有立锥之地？今天谁值日？老刘方大吃一惊,惊呼道:天啊天啊,我的老黄天！我一来就忙着找一份材料,你看把我们几个给忙的,连值日的事都给忘记了,罪过罪过,我来收拾收拾,不要见笑哈。打着哈哈呼啦将臀下椅子推到后面,椅子腿与地板摩擦嘎嘎地刺耳,提了扫帚惊天呼地地一通打扫,顿时狼烟四起,乌烟瘴气。老刘在任何情况下都不会提说"今天我值日"这句话。

年终,全局投票评先树优。

卫生标兵称号花落谁家引起了我侧目关注。因为我知道一年来,我是科室里打扫卫生最卖力,效果也最明显的一个。如果我得不到该称号,那其他几人也完全没有希望的。

然而,结果让人百思不得其解。

全局40多名干部最后的投票结果是,全局卫生标兵共评出两人,老刘排名第一,研究室老张排名第二。而我名落孙山。我的老黄天！真是匪夷所思。

这事一直让我纳闷。

半年后,我们的崔科长升迁到另一单位做副局长了,办公室的人给他送行。席间老刘、大李恰巧离桌如厕去了,我便向崔科请教一直困扰我的那个问题。

崔科很深邃地一笑,望着我,说:在机关里,你知道为什么要论资历吗？实际上,资历就是境界,资历深了,境界就高,也就越能得到拥护与爱戴。

我眨巴着眼睛,似听天书。

崔科继续说:我给你讲个故事吧。大王问扁鹊,你兄弟三人都懂医术,谁医术最高明。扁鹊答:大哥第一,二哥第二,我最差。大王又问:那为什么他们二人远没有你出名而受人爱戴？答:大哥防患于未然,人尚未觉病却已被大哥医好,所以大哥医术最

高,但人不知病痛而不解其高;二哥救治病人于始发,病人稍觉病痛便被医好,故稍知其高明;而我是在病入膏肓时将其救起,其深知痛苦而认为我最高明。呵呵,明白了吗?

我仍不解。

崔科又笑,说:要说境界嘛,以我看,科室里你们几人中,境界最高者要数老刘,大李次之,你嘛,以后可要在这机关里好好修炼哦。呵呵呵呵,来,小薛,喝!

第七辑

传奇世界

人类灿烂的文明，在不计其数的神话传说中得以延续和传承。那些带着传奇色彩的故事，总是在深深吸引我们兴趣的同时，悄无声息地告诉了我们许多人生的道理和美好的愿景。我们喜欢阅读传奇，是源于我们渴望创造传奇。

导读：他的一生，其实也是千千万万个人的一生。我们身上总离不了他的影子。

霍家少爷

小城里住了一个姓霍的大户人家，家资颇为殷盛的，门楼高筑，雕龙刻凤，屋舍全是琉璃瓦覆顶，阳光一照，金碧辉煌，可谓气派至极。外人经过立着两尊石狮的大门口，探头朝里张望，皆感叹道："好一个霍姓氏家！"

然而，俗语道：家无三代富。

这话是一点不假。等到了霍如海这一代的时候，霍家的境况就大大不如了从前，家业就颓败得不像个样子了。

霍如海自小就是一身恶少习气，十几岁起就学得游手好闲，不学无术。书已经是不再读。其父霍老先生花重金给请来的老私塾整天被霍如海整治得三分不像人，七分倒像鬼。

霍如海念烦了书就忽地跳上桌来，一把揪了老先生的胡须，一手抓了毛笔，饱蘸了浓墨，怪叫道：

"老儿过来，小太爷我给你画画眉毛，你就做齐天大圣去吧！"

不等私塾老先生反应过来的时候，早已手腕一抖，刷刷点点，将个惊愕的老脸涂了个面目全非。然而，那老先生为了挣那几个小钱，也不敢多作声张，只好忍气吞声，讨个少爷的欢心。

而霍如海却提了蝈蝈笼子出了门，径直朝千秋街上的雌雄阁而去,再与那些狐朋狗友们一赌输赢。每每输了钱,就回家向霍老先生讨要。

开始的时候,霍老先生还给些碎银,然而时间一长,便要管他一管了。后来就断了他的零花钱。这样一来,霍如海可就急如疯狗了,连哭带叫。霍老先生是又气又疼,骂道:

"你这败家子,这全是你母亲生前把你给惯坏的!"

霍老明白,如此纵容了这小子,肯定是要断送了他的前程,便一咬牙,死活不再给他钱。

然而霍如海却生得精明,脑子一转就计上心来。随手一幅字画就能换些银两。一日字画,二日古玩,三日金银首饰,不出多久,家中贵重的东西几乎全部被偷卖干净。狠狠挨一通毒打之后,依然不知道悔改。

忽一日,后院火起。

霍家老少纷纷赶去救火。忙活了半天,火被救下,已经是相安无事。管家却匆匆来报,说仓中粮食少了十之五六。霍老勃然大怒,要找霍如海算账。颤颤巍巍进了霍如海的书房,却见那私塾先生正面壁而站,翘着脚尖将鼻头放进墙上一白圈内,两手平举,头顶顶一石砚,砚中浓墨饱满酥酥颤动。霍老问这是做什么,私塾先生鼻子一酸,泪蛋子滚了出来,答道:

"这是少爷吩咐的,要小老儿如此等他回来,墨若洒出半滴就要到您那里告状,不给我工钱……"

霍老气得当场就背过了气去。

一碗热茶灌醒之后,粗喘着说道:

"那畜生哪去了?"

私塾答道:

"少爷又去了雌雄阁。"

霍老先生一病不起。

霍老这一病倒，便知道自己已经离大去之期不远矣，便吩咐人在城郊建起了一套草房，简单置些家具，唤了霍如海近前来，遗嘱道：

"你就到那边私过去吧，你这冤家，老父是管你不了了。哎！好好一份霍家大业，竟让你这畜生给败坏到了如此地步，我哪里有脸去见列祖列宗……"说罢，头一歪，向他的列祖列宗请罪去了。

后事刚毕，一大汉来赶霍如海。

霍如海将脖子一梗，道：

"这是我们霍家的祖屋，凭什么让我走？！"

大汉道：

"什么你们霍家的祖屋，老先生早已将这老房卖给我们老葛家了！"

霍如海急了，问道：

"那，我怎么没见房钱？"

大汉冷笑道：

"霍老若是将这一笔钱给你，岂不又让你拿到雌雄阁去给输掉了？算老先生有远见，老早给你在城边置下一套住房，不然，你小子就住狗窝去吧！"

霍如海泪水涔涔，望一眼这深宅大院，抚两下门口的血口石狮，便手提了蝈蝈笼，一步三回头的出城去了。

住进那一套草房，霍如海又恼又恨。

霍家那么多的家产，如今都弄到哪里去了？唉！你这一死，财产都应归我的，却只给留下这样一套破房，你也真够狠心的！骂了半日，霍如海的眼前忽然一亮，心中想道：莫非老爹是如此安排的？忽的立起身,踢翻桌椅,拿锄头翻地寻宝。翻了半日,却一两银子未寻到,一屁股跌坐在地上,唉声叹气。

忽又觉得老爹肯定是将家财装进了油葫芦里挂到了梁头上,借了梯子上梁寻了几回,依然没有。这一下可真的是急了,坐到地下一阵痛哭,一阵痛骂,哭自己的娘死得早,骂自己的爹不是东西。

这时,忽来一群人揪住霍如海逼着要账。

来人皆是雌雄阁上的狐朋狗友。

霍如海被逼无奈,遂将家具卖掉,又寻一买主,将草房售出,还清债务,便提了蝈蝈笼离去。

此后,人们再也没有见过霍家少爷。

有人说是死掉了。

也有人说是当了乞丐。

这些已经不太重要,大家谈论最多的却是买霍家少爷草房的那个瘸子。

房子买下来之后,瘸子要在东墙上抽出一页砖来,加上一个木楔好挂些什物的,却发现砖下压了一块银圆。大喜,遂再抽一页,又得一银圆,将房子拆掉,得银圆两千余块,便置了新房,娶了三房姨太太,过起了奢华生活。

导读：量心桥，是一座丈量人心的神奇之桥。它一直在丈量着人间的世道人心。

量心桥

小城被一条大河隔成两半。清末时，大河里洪水泛滥成灾，冲垮了唯一的石桥，掀翻了数叶小舟，断送了七八条人命。

县令便拨了专款，动用民工建筑大桥，以连接大河两岸，沟通交流，发展经济。

工程进展相当顺利。这是顺民心应民意的举措，自然深得响应，民工们做起工来也格外的卖力气。不出两月时间，一座雄伟壮观的十三拱石桥赫然显现在老百姓面前。

然而，就在石桥即将竣工的时候，却发生了一件稀奇古怪的事情——正当中那一拱上有一块石头突然咚的一声落入了河心，石桥自此就出现了一个很大的豁口。民工们就推了石块来，量了尺寸，凿好了之后去补那缺口，然而奇怪的是新放上的石块总不合适，要么尺寸过小，咚的一声又掉入了江心，要么尺寸过大，放之不上。总之是让大家颇费了几番周折，却依然没有办法，就连最出名的老石匠也是无能为力，只能望而兴叹。

大家以为是得罪了河神，取了纸香焚烧了，依然补不上那豁口。县令非常着急，便悬下千两赏钱，招募能补其豁口者。

临河的千秋街上，林林总总十几家酒肆，终日人来人往，生意都很火爆。其中有一家，是二层的小木楼，楼角上悬一酒幌，上书四个大字:望江小楼。掌柜的为人忠厚老实,在这座小城里以仁义著称。远近的客商入了店,吃喝自然招待得周全,酒足饭饱之后,若说句身上没有带钱,掌柜的便一笑,说道:"没关系,下次再说吧。"

客人走了,掌柜的连帐也不记。十天半月后,那欠酒钱者自会前来付账,从无赖帐者。所以,远近的人进了城来,都喜欢这望江小楼。许多前来试着补那石桥豁口者,也多半齐聚此处,上桥试过了便垂头丧气而回,却又不肯走,偏要留下来看个究竟,看最后是哪方神圣能补上那豁口。

一日,望江小楼来了一个破衣长者,看年纪在八十开外,浑身灰垢,二目却甚是有神。上楼来拣一方桌,灰沓沓朝那里一坐,点了一点头,对掌柜的说要好酒好菜。酒菜备齐,长者边饮边听旁人的谈话。酒足饭饱之后,又要了上好的房间,美美地睡上一觉,醒来后又要了好酒好菜,独自坐喝。如是半月,掌柜的都好生伺候。

第十六天,破衣长者又饱食了一顿,忽然说道:"掌柜的,算账。"

掌柜的一笑,说道:"总共七两三钱银子,您老就给七两得了。"

破衣长者笑道:"好爽快的人。银子我是不会少给的,这一块,价值一千两,你就不用找了。"

旁人一听,都大吃了一惊,纷纷直了眼睛去看那长者。只见那破衣长者从怀中摸索了半日,竟摸出了一块黑色丑石,有两个炊饼大小。

众人大笑,嚷道:"没有钱就直说嘛,白白吃住了半月时间,竟拿块石头哄骗掌柜的,你还是骗三岁毛孩去吧!"

破衣长者一笑,问道:"掌柜的,我这银子收也不收?多了也好少了也好,就这一块了。"

望江小楼掌柜的说道:"既然如此,那在下只好收下此银。"

众人都为掌柜的鸣不平,斥道:"老儿好无道理!见掌柜的老实忠厚,竟如此戏弄?!"

望江小楼掌柜的笑了一笑,止住大家,说道:"看来这一位先生手头实在紧些,这半月酒钱算得什么,就权当交了一个朋友,就让他去吧。"

那破衣长者笑呵呵的望了望掌柜的,说了句"吾去矣",言毕,不见踪影。

众人大骇。

前来补缺的匠人已经是越来越多,却都无功而返。县令大人愈加心急如焚,百姓也是议论纷纷。

一日,有一好事者对望江小楼掌柜的说:"何不拿门后的那一丑石去一试?"

掌柜的笑道:"开这等玩笑干什么?这丑石还成了奇石不成?"

然而那好事者却执意劝他一试。

万没想到,那两只炊饼大小的黑色丑石卡到了大桥豁口处竟是稳稳当当,天衣无缝,珠联璧合!惊得众人都张着大嘴半日说不不出话来。

缺了半年的大桥豁口竟让望江小楼掌柜的那块黑色丑石给补住了!

鞭炮声四起。

衙役红漆托盘托来了白银千两,要掌柜的收下,说这是赏钱。

然而,望江小楼掌柜却摇了摇头,不肯收银子。

众人都吃了一惊,忙劝道:"这白花花的银子注定了是你的,为何不要,快快收下。"

然而掌柜的却执意不收。

县令亦觉惊奇,遂前往,说道:"这位先生,你为老百姓做了好事,这银子理应归你,你就收下吧,这也算老百姓的一片心意。"

掌柜的见县令如此说,便说道:"既然如此,那在下就只收我那半月酒钱吧。"

说罢,遂取了白银七两,余者死活不肯再收。

县令大为感动,便想一主意,命令望江小楼掌柜的给大桥取下一名。

掌柜的见推脱不掉,便凝眉思索半日,说道:"世间万物,所归所属,自有定数,是你者,自归你所有,非你者,当勿占勿取。所取所舍,当用心量衡再三,此桥就叫'量心桥'吧。"

此举,在小城里被传为佳话。

斗转星移,时过境迁。

千秋街上这家望江小楼换过了十几代主人。然而,一代却不如一代,皆变得心狠手辣心术不正起来,都挖空了心思,以歪门邪道挣些不干不净的钱。每换一代掌柜的,量心桥上的那一块黑色丑石就下陷一指。等望江小楼更名为五星级望江宾馆的时候,忽然一声巨响,那黑色丑石陷下去坠入了江心,桥身亦废弃坍塌了。

自此,小城没了量心桥。

导读：这个罪恶深重的人最终的选择，算是一种自我救赎，也算得上是对世人的拯救。

代罪亭

已经没有人敢进腊八街胡同了。

据传，腊街胡同里闹鬼，大白天就看见胡同里阴森森的，怪烟四起，没风的日子也能听到里面的老槐树猎猎作响。有胆大者曾立于巷口朝里窥视，顿觉头皮发麻，发丝啪啪炸响，遂赶紧退回。

疯子李贵叔就是因为进过一次腊八街胡同才导致神经错乱的，整日里傻呵呵地缩在墙角，拿极其怪异的目光提防人，怀里老是抱住一根竹竿，一有东西近身来就尖叫着赶打，口中直喊道："鬼！鬼！"

关于李贵叔的变疯，是有着不同说法的。

有人说，那年他把自己那个生了三胎都是女孩的女人掐死之后，就整天喝酒。一天夜里醉酒之后，就进了腊八街胡同。街上冷风四起，枯叶卷来卷去，沙沙作响。李贵叔醉眼蒙眬，隐约看见一个漂亮女子顺着墙根疾步走去，腰肢非常灵活，扭扭地让李贵叔一下就意识到了自己是一个男人。李贵叔疾步追了上去，伸手就按住了那女子的酥肩。那女子突然回转过头来吐给李贵叔一条红舌头，鲜血滴了李贵叔一胸膛！李贵叔就被吓疯了。

也有人说，李贵叔进了蜡八街之后就感到有些口渴，便寻到了一口老井,探头去吸水喝。突然,水井中一下就伸出一只手来,长长的指甲都掐进了李贵叔的脖子。李贵叔也就疯了。

总之,蜡八街胡同是很少有人敢进去了。

然而瞎子王却不怕。

我是瞎子我怕啥？我×！

瞎子王是那种一人吃饱全家不饿的人。

瞎子王原先是一个牛皮烘烘的款爷,风流倜傥,招摇过市,大把大把地花钱,满街嘀嘀嘀打手机如同随地大小便。瞎子王风光的时候搞大过许多女人的肚子。瞎子王的色胆包天,他连市委秘书长的马子也敢搞。但是他最终还是栽到了女人的手上,双眼被搞瞎了,钱财亦被卷走,瞎子王只得敲着竹竿往南往北满世界的找钱。

瞎子王所拥有的一切都随风而逝,如今他只剩了一个胆子。

对于腊八街胡同,瞎子王决定去探个虚实。

好事者们给瞎子王送行。

当然,好事者们的条件对瞎子王来说是极具诱惑的。自从瞎子王被女人搞瞎了眼就从没碰过女人,如今听说如果进一次腊八街胡同且能安全回来,就可以拿大家凑的钱到怡红院过一次女人的瘾,瞎子王的胆子就像吸了水的海绵一样,"吱"的一声涨到了极点。

瞎子王敲着竹竿笃笃的进了腊八街。

瞎子王走进腊八街之后顿觉浑身起了奇怪的变化,肌肉一个劲地抽搐,脖后冷风飕飕的,头发也都立了起来,头皮啪啪炸响。瞎子王听见冷风卷着枯叶在哗哗啦啦地响。

突然,瞎子王看见老槐树上蹲着一只月亮。那月亮冲着他吟吟地笑。

瞎子王吓得打了一个哆嗦,妈的!眼都瞎了十年了今晚竟又看见了月亮!瞎子王用竹杖一点,骂道:我×!

瞎子王继续朝前走。

忽然,瞎子王闻见了酒香。

怪事!已经有好几年没有人敢进来了,哪里来的酒香?

既而,瞎子王听见有喝酒行令的声音。

瞎子王大吃了一惊,举目望去,果然,腊八街胡同的深处正亮着一家酒楼。

瞎子王破门而入。

瞎子王一进门,就像一人进林百鸟哑音,那些喝酒行令者顿时远遁,消失得无影无踪。整座酒楼里只剩了三个白衣女子。

见了瞎子王,三个女子一起号啕,痛不欲生。

瞎子王将竹杖一点,骂道:骚娘们儿,哭什么?!

其中一女子手指了瞎子王,斥道:你们这些叫作人的东西,真够狠心,到底还叫我们活命不?生也不得死也不得,到底叫我们如何是好?!

瞎子王颇有一点生气了。大声斥道:到底是怎么一回事?

那女子继续诉道:这两位都是我苦命的姐妹,一个是在十七岁时被一个臭男人强奸了负辱自尽的;一个是被她一心想要留住香火的亲爹亲手按到尿盆子里活活淹死的;我是一个私生女,生下来才三天就被扔到山谷里给摔死了。我们成了野鬼游魂,天堂不让进,地狱不收留,但是我们得生活,我们三姐妹就一起开了这一家酒楼,挣些小钱好糊口,谁曾想你们人又寻到了这里,把我们的客人都吓跑了。呜呜呜……老天呀,到底让我们这些可怜的孤魂何去何从……

瞎子王听得动容失色,眼泪直流。

瞎子王仰头朝窗口一看，那只月亮依然笑吟吟地蹲在窗台上。

瞎子王用竹杖猛一戳地,怒吼道:我×!

从此以后,人们再也没有见过瞎子王。

好事者们寻遍了整座小城也没有寻到。

后来,人们发现在小城外的断崖上出现了一个小凉亭,是砖木结构,上悬一匾,红漆大字,曰:代罪亭。

亭外卧一巨石,颇为怪异的,若坐于亭内望这巨石,恰似一人形,以头抢地,作跪拜状。

此石与凉亭遂成一胜景,游人络绎不绝,皆骑在石人脖颈上摆各种姿势,拍照留念。

导读： 千算万算最终失算，原因是他们丢的不仅仅是羊汤之根，更是丢了人性之根。

唐记羊汤馆

小镇的繁华全仰仗着交通的便利。有两条省道在此交叉，呈"十"字形状，当地人对这个"十"字形颇为满意，正南正北，正东正西，四通八达，四季发财。

老一辈人都说先些时候，也就是在还没有修筑柏油路时，这里的路也是呈这个吉利的"十"字形状的。

交通的便利带动得饮食业就格外的发达。

小镇不大，但拥有大小的饭馆酒楼十余家。然而要论起资历的深浅，当数唐记羊汤馆。那是小镇上的老字号。

据传，乾隆皇帝下江南时路过此处，就曾住过此店。皇帝喝过唐记羊汤，心中大喜，遂借兴挥毫，落笔写成"玉浆养性"四个大字。至今，唐记羊汤馆的二楼大厅里还挂有此联，纸张已经泛黄，久经世事一脸沧桑，至于这字是真是假，无人考证，但此联足以证明唐记羊汤馆的悠久历史，这一点已经是无可厚非。

唐记羊汤的传统配方十三世单传，一直延续到了今天。祖上有个规矩，传男不传女。

然而，故事就发生在了第十四世之时。

唐老先生膝下只养有一对姑娘。大姑娘大凤，二姑娘小凤。唐老先生没有他法，祖上的规矩不敢破，只得招一养老女婿代为传乘,女婿好比半个儿的。

唐老先生招来的女婿姓蔡名梁,聪明能干,没出二年,已经将羊汤配方学到了手。

没过多久,唐老先生就与世长辞了。自从唐老先生去世之后,唐记羊汤馆就起了风波。

小凤的为人颇为精明,不像她的姐姐那样老实巴交。

当初唐老先生将祖传的羊汤配方传给蔡梁,小凤是颇为不满的,试想,蔡梁手上有了这一秘方,大姐岂不跟他过一辈子的好生活?!然而自己同样是唐家的女儿,以后嫁了他人,怎能乘祖上之福?但她不敢多言,只是将自己的怨言深埋心底。

唐老去世之后,小凤便开始动作起来。小凤开始与姐夫有所勾连,半年之后,小凤便与蔡梁卷了家中钱财,私奔了。去了哪里没人知晓,有在外打工的人回来说在济南见到过一家唐记羊汤馆,从门外偷偷看进去,果然是蔡梁和二凤开的,但生意清淡,不出半年就搬得不见了踪影;也有人说在徐州见了一家唐记羊汤馆,还有人说在临沂也见过,但小镇人都恨那对狗男女,又可怜苦命的大凤,便很少在她的面前提说此事。

蔡梁和小凤私奔之后,大凤很是伤心的痛哭了几日,哭自己的亲妹妹不顾姐妹情分,哭自己的丈夫背叛自己,哭老爹的去世。

然而,大凤哭着哭着一下就停住不哭了,她突然想起爹在临终之前对自己说的那句话。

爹躺在灵床上的时候曾将大凤叫到身边,说道:"如果今后家里出了什么大事,你就去看看二楼大厅里的那张乾隆的字……"

大凤赶紧擦拭了眼泪跑上二楼大厅,将乾隆书写的"玉浆养

性"取了下来仔细地翻看,果然在背面上清清楚楚地写着祖传羊汤配方,一共七七四十九味中药,但在最后面附加了一行字:"正宗唐记羊汤须以小镇梓河之水为汤,他乡之水不可及,切记切记!"

至今,唐记羊汤馆依然红火,远近闻名,路经小镇的车辆大多要停靠下来,专为品一下唐记羊汤。

一位散文大师路经此处,喝了唐记羊汤,回去后写了一篇散文大加赞赏,在多家刊物发表后引起了强烈的反响,有多位大客商来小镇与大凤商量,愿出巨资将羊汤馆迁至京城以期有更大的发展,但都被大凤给婉言谢绝了。

导读： 又一个吝啬鬼的形象，看起来比以往的那些更加传神。

地主选儿媳

从前有一个叫作葫芦头的小山村，村里仇大地主的小少爷要找媳妇了。

来提亲的老妈子将门槛都磨平了。

假如成了老仇家的媳妇，那以后的日子还不是屎壳郎找到了狗屎———熬到了份（粪）儿上？

最后，仇老爷子选中了三个小丫头，一个个小丫头长得，那叫个水灵！

管家从后院抱来一把大扫帚，还有一个大簸箕，放在天井当院里。

仇老爷子发话了："你们每人扫一遍院子。谁扫得又快又干净，那谁就是我老仇家的儿媳妇了。开始吧。"

于是，管家将扫帚递给了其中的一个小姑娘。

那小姑娘在家里是经常干活的，三下五除二，半袋烟的工夫就把院子收拾了个干干净净，然后麻利地把垃圾装到簸箕里倒到门外去了。

干完了，她激动地看着仇老爷子。

然而仇老爷子却轻轻摇了摇头，喉咙里咕哝出一句："下一个。"

管家让下人在院子里重新撒了一层干草、树叶，又将扫帚给

了第二个小姑娘。

这个小姑娘不但将院子扫得干干净净，还将磨盘擦得顺滑溜光，最后将垃圾也倒在了门外的大坑里。

仇老爷子还是摇头，叹了一口气，说："下一个。"

就剩下最后一个了。

正好，这个小姑娘的父亲是仇家老管家的表姨夫的三婶子的二外甥，他将管家偷偷拉到一边递上了一个红包。

那管家将红包用手捏了一捏，感到还算满意，于是就凑到他耳朵前嘀咕了两句。

小姑娘的父亲如获至宝，赶紧去嘱咐自己的闺女。

小姑娘果然听话，提起大扫帚就跑到了大门口，从大门口朝里扫了起来，再将树叶、干草堆在一起，盛到簸箕里，最后送到灶房里去堆放了起来。

这时候，仇老爷子已经站起来了，脸上笑开了花。

仇老爷子快步走到那个小姑娘的面前，急切地问："你为什么要从外面朝里扫？又为什么将树叶放到灶屋里？"

小姑娘也伶俐，回答说："从小我就这样扫院子啊，自己家的树叶就应该朝自己家里扫呀，朝外扫那不就给了人家吗？那不是过日子。"

仇老爷子拍着手一个劲地说："好好好！就是你了，就是你了！"

导读：少年喜欢蜻蜓，原来是因为失去。老人手编蜻蜓，原来是为了救赎。

红蜻蜓

春节到来的时候，临沂城里来了一位手编艺人。

此人年逾八旬，苍老如枯树。

老人在人民公园门外设了一个小摊，编织各种各样的小动物，诸如蚂蚱、蝴蝶、飞蛾，皆生动、神韵，引得游人纷纷驻足观望。

人们问："这是什么草？"

老人不忘手中活计，说道："水竹。"

再问："多少钱？"

答曰："一元。"

于是，小城里成了飞虫的海洋，一只只蝴蝶满天飞舞，一群群蚂蚱四处乱窜。小顽童捏着草茎抖着跑出一脸神采，纯真可爱；情侣每人一只相互逗玩着追逐嬉闹，天真浪漫。

老人的小摊前人群涌动，生意红火。

老人只顾含笑作业，枯藤般的手指捏着水竹的扁叶缠缠绕绕，一会儿就飞出一只大蚂蚱，同时也飞出一阵啧啧赞叹。

小城的春意更浓。

自老人到这门口之日起，就有一个十一二岁的少年怯生生待在一旁，窃听人群里的动静，偷视老人的手指飞动。

此少年衣着破旧，满脸满手污垢，一看就知是一个街头小乞。

每天清早老人到此设摊的同时，少年便准时到来。

这一可疑的举动引起了老人的注意。

老人手拈白须向少年颔首微笑，少年一时着了慌，目光迅速躲躲闪闪，老人更觉奇怪，便来到少年的身边递上一只蝴蝶，说道："娃娃，送给你的。"

少年低头不语，没有接受馈赠的意思。

老者问道："不喜欢？来，拿着。"

少年抬起头来时已是泪流满目。

老者问道："你这是哭啥哩？如果不喜欢，爷爷给你换。"

少年忽然说道："你会编蜻蜓吗？"

老人忙说："当然。你等着。"

老人疾步走回到摊前抽出一根水竹扁叶，左缠右绕，眨眼间一只粉红色的蜻蜓飞了出来。

少年伸手要接，老人却道："别忙。先告诉爷爷，为啥偏偏喜欢蜻蜓？"

少年说："我不喜欢蜻蜓。"

老人一脸惊诧："那你为什么只要蜻蜓？"

少年的眼泪再次流下，哽咽道："我妹妹喜欢……"

少年的爸爸带了一个年轻的阿姨走了。妈妈也要走。少年和他的妹妹死也不让走，两人死死抱住妈妈的腿。妈妈说："玲玲听话，妈妈知道你最喜欢蜻蜓了，妈妈去给你买蜻蜓。"于是，兄妹二人就待在家里等妈妈去买蜻蜓。一年过去了。少年带着妹妹出来找妈妈。妹妹发高烧，说胡话。妹妹的病越来越重了。妹妹突然喊："蜻蜓！妈妈给我买回来了一只蜻蜓！"妹妹朝那蜻蜓飞快跑去。随着一声尖锐的叫声，少年看见一只红色的蜻蜓从一辆卡车轮下飞起……

听完这些，老人已是老泪纵横。

从此以后，人们再也没有见过那个年逾八旬的老艺人，再也没见过那个衣衫破旧的少年。

只是，每年的春节期间，人们总能看到城外的一座小坟旁，有一千只一万只红色的蜻蜓飞舞在夕阳的余晖里。晚霞如血。

导读： 我无法洗清自己的罪责，便永远成为一个精神上的乞丐。

乞丐钓鱼

有一天，我钓鱼回来的路上碰到一个乞丐，看年纪比我大不了几岁，也就是有五十岁的样子。那个乞丐一直在我身后五米远的地方跟着走。这让我很奇怪，我停了下来，想问问他为什么跟踪，可乞丐也站住了，我再走，他又跟着。我火了，猛地回过身朝他奔去，他躲闪不及，就叫我抓住了。我生气地问："你想干什么?！"

乞丐小声说："能不能，借你的鱼竿用？"

我笑了，说："怎么，你也想钓鱼吗？"

乞丐说："每年的今天，我们家都必须去钓鱼。每年我们只钓这一次鱼。可是你看，我是一个叫花子，没有鱼竿，只能借你的。求你了大兄弟。天黑前我就还你。"

我见乞丐说得很恳切，虽然觉得很蹊跷，但还是把鱼竿借给了他。那是一柄再普通不过的鱼竿了，值不了几个钱。乞丐千恩万谢地朝小河奔去。我悄悄跟上，打算看个究竟。

快到小河边的时候，乞丐朝一个斜坡走去，一棵低矮的枯树下有一个破窝棚。我看见乞丐把鱼竿放到窝棚外面，进到棚子里，推出来了一辆破旧不堪的轮椅，上面斜卧着一个邋遢、脏乱的老女人。乞丐小心的捡起鱼竿，在那个老女人的眼前晃了晃，那女人的眼睛睁大了一些，眼神也变得明亮起来，她竟然伸出手来，一下把鱼竿接去抱在了怀里。乞丐男人推着轮椅，两人朝河边走去。

我在这附近钓鱼已经快一年了,可是从来没有注意到这里有一个窝棚,里面还住着两个老乞丐。

一会工夫,轮椅已经被推到了小河边,他们开始钓鱼了。我看见那个老女人从怀里掏出一个小巧的拨浪鼓,她竟然把那个拨浪鼓当鱼饵挂在了鱼钩上,然后垂到河里去!天啊!他们想搞什么?我朝前走了几步立在一棵柳树下,想看清楚他们到底在做什么。我看见那个老女人先是安静地望着河面,慢慢地,她苍老的脸上露出了笑容,很幸福的样子。我隐约听见她说:"小鱼啊,小鱼,你在水里还好吗?"她似乎是在和什么人说着心里话,声音是那么温柔。

我正看着眼前的一幕,那个乞丐男人竟然朝我走来。看来,我是被他发现了。他来到了我的面前,说:"老弟,你放心吧,天黑前我一定把鱼竿还给你。"

我说:"不是。我不是担心我的鱼竿。我只是觉得很奇怪。你们这是在钓什么鱼啊?"

乞丐顿了一下,长叹了一口气,说:"老弟,你还是先回去吧。我不想让你看到她哭闹的样子。很多年了,每年来钓鱼,她先是那么安静,那么温柔,可是到最后要收起鱼杆回去时,她都要大哭大闹。我不想让你看见。天黑前,你在我借你鱼竿的那个街口等着我吧,我们会很感激你的。"

我说:"好吧。不过,你告诉我,她的精神失常了吗?"

乞丐说:"是的,她的精神出了问题,但只有今天,每年的今天她是清醒的。"说完就朝轮椅走去,和那个老女人紧挨在一起,专心致志地钓起了鱼。

我便心事重重的朝镇子上走去。天渐渐黑了下来。我在街口等着乞丐。我并不是为了那根不值钱的鱼竿,而是我想把这件事

情搞明白,不然我觉得闷得慌。

果然,那个老乞丐提着鱼竿朝这里走来了。他嘴里左一个感谢,右一个感谢,把鱼竿还给了我。我说:"老兄,你真的要感谢我吗?那你想怎么感谢我?"

他的样子一下窘迫了起来,显然他没有别的办法来感谢我。

我说:"真要感谢我,那就答应我一件事——和我去喝上一杯,我们唠唠嗑。当然,是我掏钱。"

他踌躇了一下,说了句那多不好意思,但还是答应了。

我们就来到了附近的一家小酒店,点了四碟小菜一瓶白酒,两个人就喝了起来。他先是很拘谨,但一杯酒入肚,也就放开了。我们再喝了一杯,他已经有了一点醉意。

我说:"老哥,你们为什么每年的今天都要钓一次鱼啊?钓鱼却不好好钓,弄个拨浪鼓当鱼饵,呵呵,我实在弄不明白。"

没有想到,我这么一问,他居然把半杯酒猛的灌到了嘴里,眼里却滚下来了两行清泪。带着悲痛的语调,他向我敞开了心扉。

原来,他们的豁嘴儿子小鱼在 10 岁的那一年,一天正陪着双腿残疾的妈妈钓鱼,上游不远处的桥上,一个和小鱼差不多大的女孩忽然掉进了河里。小鱼赶紧把鱼竿伸到河里让小女孩抓住,他用力把小女孩拉了过来,可就在小女孩在靠岸的一刹那,双方一用力,女孩上来了,小鱼却掉下去了,并且再也没能上来。双腿残疾的妈妈只有大哭大喊的份,而没有别的任何办法。等赶来的大人把他打捞上来的时候,小鱼已经死了。小女孩的家人闻讯赶来,抱着小女孩就走,小鱼的妈妈急了,她大喊大叫,说小鱼是为了救小女孩才掉下河的,要他们给个说法。可小女孩的父母看了看残疾的女乞丐,又看了看豁嘴小鱼的尸体,竟然大声骂了起来:该死的乞丐,竟然想钓我们的鱼!真不知羞耻!你真是一个卑鄙的女人,竟然用豁嘴儿子当钓饵,想钓我们的鱼,想用残疾儿子的命骗我们的钱财,太卑鄙了!无耻!小鱼的妈妈又气又急,就昏死了过去……

说到这里的时候,老乞丐已经泣不成声:"她醒来之后,就疯了。我们怎么会拿儿子当鱼饵去钓鱼呢?虽然他不是我们亲生的,可他是我们老两口的精神支柱啊!每年的今天,也就是小鱼掉进河里的这一天,我都带她去钓鱼。她把小鱼曾经玩过的玩具用鱼竿送到水里,和他玩,和他说话,和他做游戏,给他唱歌,还给他讲故事。我们知道,小鱼并没有死,他是真的变成了一条小鱼,他就住在这条小河里……"

老乞丐慢慢地站了起来,蹒跚着朝外走去。

我大声问他:"小鱼不是你们亲生的?"

老乞丐没有回头,他悲伤地说:"河边垃圾堆拣的,但是亲儿子,最亲最亲的……"

我的眼泪再也忍不住了,哗哗地淌了下来。

我对柜台上大声喊:"再来一瓶酒!"我一边悲痛地哭着,一边又喝起了酒。

很多年前,发现刚出生的儿子是个严重的豁嘴,并且脊柱弯曲,我们一狠心,就把那个小生命扔进了河边的垃圾堆里。那个可怜的小生命咧着大嘴哭叫的样子,几十年来,每天都在我脑子里盘旋。真是老天报应啊,从那以后,我们再也没能生育,我们老两口一直在悔恨自责里度日。一年前,老伴死了,我孤独的一个人又回到了小镇上,天天跑到那个小河边,默默地坐在那里钓鱼。可是我知道,不管怎样,我永远也无法洗清我的罪孽了,我将永远成为一个感情上的乞丐。

导读：寡妇死后竟然长进了那棵槐树,她立在路口等待着自己的仇人。

寡妇树

寡妇门前是非多。这是常理,千百年来从没改变。总有那么多的眼睛盯盯地瞅,捕了风捉了影,便几个婆娘聚到葡萄架子底下嚼舌头根,嚼完了就一起戳人脊梁骨。人难做。 寡妇便不大出门。母鸡也拦住,怕飞上墙头惹出是非。寡妇是好寡妇。清清白白。寡妇失去了很多,寡妇不想失去更多。寡妇便苦苦的独守着贞洁。

寡妇无依无靠,但寡妇年轻。

正因为年轻,世上所有带活气的东西都想拥有寡妇。

事情发生在一个很黑的夜。

村里的狗们统统叫起来的时候,村人们看见从寡妇家的墙头上跳下了一条黑影,抱着脑袋惨叫着一步三歪的逃走了。

寡妇在家里似人非人的哭喊了一夜。村人们扣不开门。

第二天一清早,村人们发现寡妇吊死在了村口的那株老槐树上。

吊死寡妇的槐树越长越旺。

寡妇的贞洁就长在这株老槐树上。

村人们再也不提了茶壶聚到老槐树下闲谈。

孩子们也都喝住,教训道:脏!

羊儿不更事,羊去啃树皮。

槐树被啃了皮就往外冒汁水,红红的,像血。

好多年过去了。

这一年,村里要修进村路。该砍的砍,该拆的拆。

村主任召开了干部会议,讨论村口那株老槐树的事。

村主任最后派人到外村请了三个人来帮助砍树。

树被锯得只剩了一块皮相连,但树硬是不倒。拴上一大绳三条汉子拉,仍不倒。

当地人害了怕,取了纸香焚烧了,默念道:你的鬼魂就西天去吧,如今村里要修致富的路。

老槐树突然发出了三声女人的哭。很凄惨的那一种。

人们吓跑了之后谁也不敢来锯这树。

树仍立在村口。枝更繁,叶更茂。

又过了许久的一天,正在地里做活的村人远远看见一个行人,正从村口经过。老槐树突然狂吼了一声,一下倒了去,将那行人砸了个正着。

村人们赶到的时候,那人只剩了一口活气。

那人只说了一句"过去这么多年了你还是没有忘",说完就死了。

村人们发现这人的脸上、额上有十几条明明的伤疤。

有人说像是剪刀划的。

也有人说像是指甲抓的。

但最终的结果谁也说不清。

导读: 这些年来他们对河中生物的罪责,最终殃及自己的后人,令人沉痛万分。

鳖　精

相传在很久以前,大概是清朝时候,小镇上有一个专门叉鳖的人,叫武大,他家里祖祖辈辈靠着一柄鳖叉在河里叉鳖捉鱼为生。但是由于整年在河里捉鳖,以至于河中的鳖越来越稀少,已经很久没有见到有鳖被叉上来了。那一柄祖传的神奇钢叉传到了武大的手中已经无法改变他窘迫的生活了,因为它已经很少能派上用场。

武大的老婆怀孕了,可是家里没有什么可以营养身子的东西。武大非常着急。他老婆说她只想喝一点鳖汤。

武大就将那一柄生了锈的钢叉又翻拣了出来,提到河边去寻找鳖的足迹。

武大在河畔仔细寻找了半个月却什么也没有寻到。

河水已经有一些发黑,连一条小鱼的影子也没有,更不要说什么虾蟹青蛙,所以寻找鳖的足迹更是比登天还要难。

武大唉声叹气,却没有什么办法。

到远处的集镇上去买,也不是现实的事情。因为,手中没有钱,再者远处的集镇上也不一定有鳖出售。这些年,捕鱼捉虾的人已经将河里的生物几乎给灭绝了。前些年还偶尔见到有人提了钢叉在河边跳跳的踩,然后就一叉下去,便提起一个头脚尾六下里伸缩的大盖子鳖来，可近年来已经很少有人能够叉上那玩意了，叉鳖的人就渐渐地没了踪影。

就在武大感到失望而要收叉回家的时候，他突然觉得脚底下有一点震动，紧接着，就有一股水泡从脚底下窜了出来。他马上断定，这是一只鳖。顷刻间，武大身上流淌的祖先的那股血液沸腾了起来，一种挥叉命中目标的欲望让他的每一根神经都绷得紧紧的，眼睛也放出了异样的光芒。也许是一种从祖宗的身上遗传下来的神奇力量，驱使他手中的神叉突然就脱手而出，猛然间深深叉到了水中的淤泥里。紧接着，武大右手的大拇指将叉柄上的一个按钮按了下去。这个按钮是他的祖先为了防止被叉住的鳖再次挣脱而研究出来的，按钮按下去，叉尖上就会陡地刺出两根倒钩，直刺进鳖的身体，它无论怎样挣扎也是枉然了。这也是方圆百里叉鳖人这个圈子里唯武大一家著名的主要原因。

武大将双手死命扣在叉柄上，猛然朝上一提，但是没有提动。

又试一次也没有成功。

于是，他的脑中就有了一种莫名的兴奋，他意识到今天叉到的是一个极大的鳖。武大使出了浑身的力气将叉朝上拔去，顿时，就见有一股巨浪冲天而起，狂风卷起沙石满天横飞，鲜红的血液将河水染红。

武大的神叉上挑起了一只磨盘大的大鳖，那大鳖的盖上还趴着一只小鳖。

仔细看这大鳖，他的脊背上有好几道明明的疤痕，显而易见，它是曾经被人用叉叉中过好几次，但最终都逃脱了的。它经历过各种各样的磨难。

叉到这样一只硕大无比的鳖，武大自然是无比的高兴。首

先,他的老婆可以有鳖汤喝了,壮了身子就可以给他生出一个白白胖胖的大胖小子了。其次,他再次扬了武家神叉的威名。

回到了家中,武大将那一只小鳖养在了缸中,而将那一只大鳖放到了大口锅里,锅盖上压了一个百余斤重的大磨盘,防止大鳖在热水中挣扎着逃脱。

就这样,武大用大木块烧了三天三夜。

他想,应该是差不多了。于是,武大便在床上打了一个盹,准备着等汤稍微凉一些的时候就用碗盛了给他老婆喝。

正在似睡非睡之际,突然听见"轰"的一声巨响。天崩地裂一般。

武大一下惊醒,披衣下床到灶屋里去查看,果然那一个大磨盘已经断成了数块,沸水中已经没有了那个巨鳖的身影,地上却有两行鳖血脚印。那血印从门口出去,在养着小鳖的深缸旁转了一圈,然后就朝远处而去。

武大的额头上吓得冒了豆大的汗珠。

他赶紧包袱包了煎饼咸菜,提了神叉循着鳖的足迹追了下去。

自从武大追出了门之后,村子里的人就再也没有见过他回来。

有人说他已经死在了外边。这个当然无法考证。

但奇怪的是他的老婆在这一年生下了一个小女孩,小女孩的头只有鸡蛋大小,眼睛像秤星一般,一眨一眨的,头又一伸一缩,和一只小鳖一般无二。

更奇怪的是,这个小女孩从会走路的那一天起,每到下雨天就格外兴奋,小眼睛一眨一眨,头伸伸缩缩地冲到雨里去跳舞,然后就将衣服脱得干干净净,边跳边疯。

到她长成大姑娘,甚至老了的时候,仍然是一到下雨天就脱得一丝不挂,在雨中伸头缩脚地舞蹈不止。